아이와 어른이 함께 읽는 부처님의 생애

싯다르타의 꿈,
세상을 바꾸다

<u>일러두기</u>

- 사람 이름, 지역 이름 등 고유명사는 팔리어 표기를 원칙으로 하였다.
- 한자로 많이 알려진 경우에는 맨 처음에 괄호 안에 표기하였다.
  예) 사캬(석가), 목갈라나(목건련), 라자가하(왕사성) 등
- 이즈음 팔리어는 경음을 쓰는 경향이 있는데 한글 맞춤법 외래어 표기법에 준하여 격음을 썼다.
  예) 카필라, 사리풋타…
- 알파벳 'V'를 'ㅇ'으로 발음하는 경우도 있지만 한글 맞춤법 외래어 표기법에 준하여 'V'를 'ㅂ'으로 발음하였다.
  예) 데바닷타, 우루벨라, 바라나시 등
- 산스크리트어나 한자로 이미 정착되어 있는 경우는 예외로 했다.
  예) 싯다르타, 숫도다나, 야쇼다라, 죽림정사
- 부록은 본문과 달리 사람 이름, 지역 이름 등을 이미 정착되어 있는 한자 표기를 원칙으로 하였다.
  예) 사위성, 왕사성, 기원정사, 사리불, 목건련

아이와 어른이 함께 읽는 부처님의 생애

싯다르타의 꿈, 세상을 바꾸다

백승권 글   김규현 그림

불광출판사

붓다,
위대한 꿈을 꾸고
그 꿈을 나눈 사람

많은 사람들이 부처님, 즉 붓다를 절에 모셔진 불상이나 불교 신자들이 믿는 신으로 알고 있습니다. 붓다는 결코 신이 아닙니다.

2,600년 전 인도에서 아빠와 엄마 사이에서 태어나 공부도 하고 결혼도 하고 아들도 낳은 우리와 똑같은 사람입니다. 그런데 왜 많은 사람들이 그 긴 세월 동안 붓다를 존경하고 그의 가르침을 배우려고 했을까요?

붓다는 원래 '싯다르타'라는 이름의 아이였지만 누구보다도 큰 꿈을 꾸었습니다. 그것은 자기 자신만을 위한 꿈이 아니었습니다. 싯다르타는 사람을 비롯하여 살아있는 모든 존재들이 고통 속에 빠져 괴로워한다는 사실을 알게 됐습니다. 그래서 그들을 고통에서 벗어나 자유롭고 행복하게 해 주는 꿈을 꾸었습니다.

싯다르타는 이 꿈을 이루기 위해 한 나라를 물려받을 왕자라는 특권을 버렸습니다. 그리고 진리를 깨닫기 위해 사람이 견뎌내기 힘든 온갖 고통을 참아냈습니다.

그리고 마침내 그 꿈을 이뤘습니다. 꿈을 이룬 뒤 싯다르타는 깨달은 자, 즉 붓다가 되었습니다. 붓다는 그 후 전 생애, 무려 45년에 걸쳐 그 꿈을 세상 사람들

에게 아낌없이 나눠주었습니다. 심지어 임종을 앞둔 순간에도 진리를 찾는 사람
들에게 깨달음의 길을 알려주기 위해 최선을 다했습니다.

붓다가 돌아가신 후 붓다의 가르침은 아시아 전역에 퍼져 아시아 사람들의 가
치관과 문화 형성에 결정적 영향을 미쳤습니다. 최근엔 미국과 유럽의 지식인들
사이에서 빠른 속도로 그 가르침이 받아들여지고 있습니다.

이렇게 오늘날에도 붓다가 우리 곁에 살아서 끝없이 가르침을 주는 것은 위대
한 꿈을 꾸고 그 꿈을 모든 사람과 나눴기 때문일 것입니다. 이 책을 읽는 여러분
들도 싯다르타와 같은 꿈을 꾸고 그 꿈을 주위 사람들에게 나눠주는 어린이가 되
길 바랍니다. 그것이 이 글을 쓰는 아저씨의 꿈입니다.

2010년 여름
백승권 두 손 모음

시간의 흐름도
읽어주시길…

시절인연이 무르 익어서인지, 붓을 잡은 지 30여 년 만에 처음으로 불교그림(佛畵)을 그려보았습니다. 물론 그 동안 '선(禪)' 또는 '불교' 분위기의 그림들을 그리지 않았던 것은 아니지만, 부처님 얼굴을 그리는 정통적인 불화는 이번이 처음입니다.

이제야 불화를 그리게 된 까닭은 우선 제 재주의 한계를 잘 알고 있었던 데다가 그 외에도 현재 우리나라 불교미술계의 현실에 대한 답답함 때문에, 애초부터 손을 대려고도 하지 않았습니다. 사실, 우리나라의 불화는 고려시대까지는 찬란하였지만, 그 이후로는 침체기를 맞으며 오랜 시간 속에 박제가 되어 버렸고, 심지어 일부 장르는 부적(符籍) 같은 용도로 변질되어 버렸습니다. 그런 탓으로 요즘도 눈에 띠는 불교 그림들, 다시 말하자면 '시대정신이 투영된 예술적 작품들'이 나타나지 않는 현실에 한계를 느꼈기 때문이었습니다.

각설하고, 이번 부처님 일대기 그림에 제가 힘주어 표현하려고 했던 주제는 '시간의 흐름', 다시 말하자면, '시간의 수레바퀴의 회전'입니다. 우주라는 화엄 세상에 해와 달과 별이 차례로 뜨고, 기울고, 지면서, 그렇게 굴러가는 세월을 '지혜와 자비'로 상징되는 두 마리의 물고기가 두 눈을 뜨고 지켜보고 있는 구도가 자주 보일 것이라는 말입니다.

한 예를 들어보면, 싯다르타 태자가 깨달음을 얻을 당시의 부다가야에는 지금과 같은 대탑(大塔)이 세워지지 않았지만, 제 그림에서는 그 동일한 공간에 훗날 세워질 대탑을 그려 넣은 구도로 처리했습니다.

그간 부처님 그늘 아래 산 세월의 무게 추를 조금이라도 줄일 수 있을 것 같아 행복합니다. 모든 가정에 티베트 말로 인사를 드리면서….

"따시델레!"

2010년 한여름, 홍천강 수리재에서
다정 거사 두 손 모음

차 례

붓다, 위대한 꿈을 꾸고 그 꿈을 나눈 사람_ 글쓴이 백승권 ■ 004

시간의 흐름도 읽어주시길…_ 그린이 김규현 ■ 006

만족하지 않는 아이 싯다르타 ■ 011

싯다르타의 탄생과 어머니의 죽음 ■ 017

벌레와 작은 새와 매 ■ 027

공부에 흥미를 잃다 ■ 033

네 개의 문… 그리고 싯다르타의 꿈 ■ 039

야쇼다라를 만나 결혼하다 ■ 047

전륜성왕도 할 수 없는 일 ■ 053

드디어 길을 나서다 ■ 059

머리카락을 자르고 사문이 되다 ■ 067

강을 건넜으면 뗏목을 두고 가라 ■ 073

혹독한 고통 속으로 몸을 던지다 ■ 081

고행을 멈추고 수자타의 우유죽을 먹다 ■ 087

마음속 마왕을 물리치고 깨달음을 얻다 ■ 095

진리를 처음 말하다 ■ 105

고통에 빠진 사람들을 구하다 ■ 113

뛰어난 제자들과의 만남 ■ 119

고향으로 돌아오다 ■ 125

가난한 사람들, 불행한 사람들의 친구 ■ 133

태어난 것은 모두 사라진다 ■ 141

부록 ■ 147

참고도서 ■ 159

만족하지 않는 아이 싯다르타

지금으로부터 약 2,600여 년 전, 아시아 대륙 남쪽 인도엔 여러 개의 왕국이 있었다. 그 가운데 코살라 국 등 여러 나라는 왕의 강력한 권력에 의해 다스려지는 강대국이었다.

그 틈바구니에 작은 왕국이 하나 있었는데, 나라 이름을 카필라라고 불렀다. 히말라야 산맥이 품고 있는 카필라는 인도 북동부의 여러 도시국가(왕궁을 가운데 두고 성으로 둘러싸인 도시와 성 밖 주변의 땅으로 이뤄진 작은 국가) 가운데 하나였다. 그래서 카필라 성이라고도 불렀다.

당시 카필라 국의 왕 이름은 숫도다나(정반왕淨飯王)였다. 그는 태양의 종족 사캬 족(석가족) 사람이었으며 성은 고타마였다. 고타마는 '훌륭한 황소'라는 뜻으로, 조상 대대로 농사를 짓던 사캬 족에게는 일 잘하는 황소가 매우 중요했는데, 그래서 사람의 성(姓)으로도 사용했던 것이다.

카필라 국은 왕과 신하들이 서로 머리를 맞대고 나랏일을 상의해서 결정하는 공화정을 실시하고 있었다. 사미티라 부르는 의회도 있었다. 강대국처럼 나라의 힘이 세진 않았지만 여러 사람들의 뜻과 지혜를 모아 나라를 운영했기 때문에 민심은 늘 평화롭고 안정된 분위기였다.

카필라 국의 백성들은 주로 농사를 짓고 살았다. 숫도다나 왕은 어진 정치를 펼쳐 백성들이 넉넉하게 살 수 있도록 만들었다. '숫도다나'라는 이름은 '깨끗한 밥'이라는 뜻으로, 결국 그는 그의 이름에 걸맞은 정치를 펼친 셈이었다.

숫도다나 왕에게는 몇 년 전 세상을 떠난 왕비와의 사이에 유일하게 얻은 자식인 왕자가 한 명 있었다. 그의 이름은 싯다르타였다. 그는 외모가 매우 매력적이었을 뿐만 아니라 명석한 두뇌까지 갖고 있었다.

살결은 보드랍고 윤기가 흘러넘쳤으며 몸매는 어린 수사자처럼 균형이 잘 잡혀 있었다. 눈동자는 검푸른 바다를 담고 있었으며 목소리는 가까운 곳에서 들어도 맑고 울림이 깊었다.

숫도다나 왕은 마흔이 넘어 힘들게 얻은 아들을 위해 모든 사랑과 배려를 아끼지 않았다. 싯다르타에게 늘 가장 고급스러운 옷을 입혔으며 금으로 만든 장식으로 온 몸을 치장하게 했다. 그의 곁에는 함께 놀아줄 친구와 심부름을 해 줄 어린 하인이 따라다녔다.

싯다르타는 일곱 살 때부터 사캬 족의 아이들이 배우는 학교에 다니기 시작했다. 이 학교에서는 카필라 국 안팎에서 초청한 뛰어난 학자들이 여러 가지 분야의 학문을 가르쳤다.

당시 인도 사람들이 가장 많이 믿는 종교는 브라만교(힌두교의 바탕이 된 인도의 고대 종교. 베다와 우파니샤드를 주요 경전으로 삼았다)였다. 그래서 학교에서는 브라만교의 교리 가운데 제일 중요한 핵심을 정리한 책인 베다와 우파니샤드를 가장 많이 가르쳤다. 그밖에 언어, 문학, 외국어, 논리학, 수학, 천문학, 경제학, 정치학, 생물학, 음악 등 아주 폭넓은 학문과 예술을 가르쳤다. 말 타기, 창 다루기, 격투기 등 무술과 병법까지 익히게 했다.

싯다르타가 학교를 다닌 지 얼마 지나지 않아 그의 명석함은 주변에 화제가 되었다. 카필라 국 일대의 뛰어난 학자들로부터 소문이 파다하게 퍼졌다. 싯다르타는 사캬 족 학생 가운데 단연 빛나는 아이였다. "하나를 가르쳐 주면 열을 안다."는 속담은 딱 그를 비유한 말이었다. 싯다르타의 공부가 어느 수준에 이르자 학자들은 더 이상 가르칠 것이 없다는 사실을 깨닫지 않을 수 없었다.

싯다르타가 태어났을 때 브라만 승려들은 그가 전륜성왕(온 세상을 정의롭고 평화롭게 다스리는 왕)이 될 것이라고 예언했다. 하지만 히말라야 산맥 어느 곳에서 달려온 아시타 선인의 이야기는 달랐다. 장차 온 세상 사람들을 고통에서 벗어나게 할 가장 높은 깨달음을 이루어 붓다(부처님)가 될 것이라고 예언했다. 그리고 아시타 선인은 눈물을 흘렸다. 자신의 목숨이 얼마 남지 않아 싯다르타의 가르침을 받을 수 없었기 때문이었다.

싯다르타의 놀라운 성장은 그들의 예언이 결코 듣기 좋은 찬사만은 아니었음을 하나씩 증명하고 있는 셈이었다. '싯다르타'라는 이름은 슛도다나 왕이 '모든 일이 다 이뤄진다'는 뜻으로 지어준 것이었다. 정말 싯다르타는 이름대로 모든 것을 다 이뤄낼 능력을 가진 아이처럼 보였다.

싯다르타는 다른 사람이 엄두도 낼 수 없는 장점이 수없이 많았다. 하지만 그것에 대해 별로 마음을 두지 않았다. 우쭐하거나 교만할 법도 할 텐데 누구도 그의 얼굴에서 그런 표정을 엿보지 못했다. 그렇다고 자신의 장점을 애써 감추려 하거나 짐짓 겸손한 모습을 취하는 것도 아니었다. 마치 그런 장점들은 애초부터 자신의 것이 아니었던 것처럼 행동했다.

마음을 두지 않은 것은 그뿐만이 아니었다. 그는 왕자로서 엄청난 혜택을 누리고 배려를 받고 있음에도 별로 행복해하지 않았다. 행복해하기는커녕 오히려 부담스러워하는 눈치였다. 그는 지금까지 카필라 국의 다른 어떤 왕자들보다, 나아가 카필라 국보다 더 부유하고 강대한 다른 나라의 왕자들보다 더 특별한 대우를 받고 있었음에도 말이다.

사실 싯다르타가 이렇게 특별한 대우를 받게 된 것은 숫도다나 왕의 불안감 때문이었다. 싯다르타의 운명에 대한 엇갈린 예언이 숫도다나 왕으로 하여금 끝없이 조바심을 내도록 몰아붙였다. 숫도다나 왕은 엇갈린 예언 가운데 자신이 바라고 또 바라는 한 가지를 싯다르타가 선택하도록 할 수 있는 모든 노력을 기울였다.

브라만 승려들의 말처럼 싯다르타가 전륜성왕이 된다면 작은 도시 국가인 카필라 국을 인도 전체를 이끄는 강대국으로 만들 수 있을 것이다. 그것은 숫도다나 왕과 사캬 족의 오랜 꿈을 현실로 만드는 것이었다. 그렇게 된다면 지금처럼 강대국의 틈바구니에서 눈치를 보는 일 따위는 더 이상 없을 것이다.

그러나 아시타 선인의 말처럼 가장 높은 깨달음을 찾으려 한다면……. 숫도다나 왕은 그런 상황은 상상조차 하기 싫었다. 그렇게 되면 모든 꿈은 물거품이 돼 버리는 것이다. 나아가 카필라 국의 미래가 어떻게 될지 앞날을 장담할 수 없게 될지도 모른다. 코살라 국 같은 강대국들이 호시탐탐 카필라 국을 노리고 있지 않은가?

어떤 사람들은 싯다르타를 욕심쟁이로 볼지도 모르겠다. 재능도 많고 호강에 겨운, 그러나 거기에 만족하지 못하는 아이. 누구나 부러워하는 것을 모두 가지고도 만족하지 못하는 아이. 도대체 싯다르타의 욕심은 얼마나 대단한 것일까?

사실 싯다르타의 가슴속에는 엄청난 꿈이 자라고 있었다. 그 꿈을 이루기 전에는 그 어떤 것도 그에게 기쁜 일이 될 수 없었다. 그러나 그 꿈은 사람들이 흔히 갖고 있는 욕심과는 전혀 다른 것이었다. 그 꿈은 싯다르타의 탄생과 함께 시작된 비극, 왕궁 밖에서 겪은 충격적인 일과 깊은 관련을 맺고 있었다.

싯다르타는 왜 무엇에도 만족할 수 없었을까? 싯다르타의 꿈은 도대체 무엇일까?

싯다르타의 탄생과 어머니의 죽음

어느 날 슛도다나 왕에게 기쁜 소식이 들려왔다. 지난 밤 마야 왕비가 꿈을 꿨는데, 여섯 개의 상아를 가진 흰 코끼리가 오른쪽 옆구리로 들어왔다는 것이다. 브라만 승려들은 곧 아이를 갖게 될 태몽이라고 꿈 풀이를 했다. 그 뒤 얼마 지나지 않아 정말 마야 왕비의 몸에 아기가 들어섰다.

슛도다나 왕의 기쁨은 이루 말할 수 없었다. 마흔이 넘도록 대를 이을 왕자를 얻지 못해 얼마나 걱정을 많이 했던가? 이제 그 시간들이 단번에 먼 과거의 일이 되었다.

슛도다나 왕은 성 안에 굶주리고 헐벗은 사람들에게 먹을 것과 옷을 나눠주었다. 브라만교의 모든 신들에게 감사의 제사를 올렸다. 마야 왕비는 건강했고 뱃속의 아기도 아무 탈 없이 자라났다. 그렇게 여러 달이 흘러 드디어 아기가 세상 밖으로 나올 때가 되었다.

당시 인도에서는 여자가 아기를 낳을 때가 되면 친정집으로 가는 풍습이 있었다. 임산부 입장에서는 시어머니보다 친정어머니의 도움을 받는 것이 한결 마음이 편했기 때문일 것이다. 마야 왕비는 해산을 며칠 앞두고 카필라 국에서 150리 떨어진 친정 콜리야 국으로 향했다.

왕궁을 벗어나 길을 나서자 가장 먼저 히말라야 산맥의 흰 봉우리들이 눈에 들어왔다. 수만 년 동안 내린 눈이 쌓여 만년설을 만든 것이다. 히말라야 산맥을 배경으로 눈부시게 화창한 봄날의 풍경이 끝도 없이 펼쳐졌다. 흰 눈과 봄 풍경이

선명한 대조를 이루며 오묘한 조화를 만들어냈다.

붉은색, 노란색, 흰색의 꽃들은 다투어 피어 절정의 아름다움을 뽐내고 있었다. 그것으로는 아름다움을 온전히 보여주지 못했다고 생각했는지 정신이 아찔할 정도로 강렬하고 매혹적인 향기까지 내뿜었다.

풀과 나무들은 어느새 연두색에서 녹색으로 짙어졌다. 강렬한 햇빛을 받아 생명의 윤기로 반짝였다. 엄마의 사랑스러운 손길로 아이의 머리카락을 쓰다듬듯 부드럽고 따사로운 바람이 꽃과 나무와 풀을 가볍게 흔들고 지나갔다.

마야 왕비는 아기가 태어날 날이 멀지 않아 가는 길을 서둘러야 했다. 하지만, 결코 그럴 수 없었다. 이 아름다운 풍경을 수레에 앉아 그냥 눈으로 훑고 가며 지나칠 수만은 없었다. 마야 왕비는 룸비니 동산에서 행렬을 멈추고 수레에서 무거운 몸을 내렸다.

마야 왕비는 조심스럽게 풀밭을 거닐었다. 발에 밟히는 풀의 부드럽고 푹신한 감촉. 꽃향기와 함께 콧속을 파고드는 싱싱한 풀잎의 풋내. 카필라 국으로 시집온 이후 이런 느낌은 처음이었다.

그때 마야 왕비의 눈을 강렬하게 잡아끄는 꽃이 있었다. 근심이 사라진다는 뜻을 가진 아쇼카 나무(무우수無憂樹)의 붉은 꽃이었다.

마야 왕비는 아쇼카 꽃이 너무 아름다워 자석에 끌리듯 저절로 발길을 옮겼다. 손을 살며시 뻗어 붉은 꽃잎을 부드럽게 만졌다. 붉은 꽃이 내뿜는 찬란한 생명의 기운을 뱃속에 있는 아기에게 전해주고 싶었다.

그런데 갑자기 배가 아프기 시작했다. 뱃속의 아기도 아름다운 봄의 풍경을 서둘러 보고 싶었던 모양이었다. 일행들은 황급히 아쇼카 나무 주변에 천막을 치고 태어날 아기를 받을 준비를 했다. 마야 왕비는 별 고통 없이 아기를 낳았다. 건강하고 귀여운 사내 아기였다.

룸비니의 기쁜 소식은 금세 카필라 국에 전해졌다. 왕자가 탄생했다는 전갈을 받은 숫도다나 왕은 하염없이 기쁨의 눈물을 흘렸다. 친아들에게 왕위를 물려주지 못할지도 모른다는 불안감은 기쁨의 눈물과 함께 눈 녹듯 사라졌다.

카필라 국의 모든 백성들은 거리로 뛰쳐나와 두 팔을 벌리며 환호했다. 백성들은 숫도다나 왕의 대를 이을 왕자가 태어남으로써 카필라 국이 더욱 더 살기 좋은 나라가 될 수 있기를 기원했다. 주변 나라로부터 축하객들이 끊이질 않았다. 아기를 본 사람들은 마치 아기의 몸에서 어떤 빛이 나는 것 같은 느낌을 받았다고 덕담을 건넸다.

그런데, 큰 기쁨은 큰 슬픔을 몰고 오는 것일까? 아니면 애초부터 큰 기쁨 뒤에 큰 슬픔이 차례를 기다리고 있었던 것일까? 카필라 국을 떠들썩하게 만들었던 탄생의 기쁨은 그리 오래 가지 못했다. 환호하는 사람들로 가득 메워졌던 거리에 어느 순간 싸늘하고 침울한 정적이 감돌았다.

마야 왕비가 갑자기 아프기 시작한 것이다. 마야 왕비는 아기를 낳기 전까지는 아주 건강했다. 그런데 아기를 낳은 뒤부터 주춧돌을 빼낸 집처럼 급격하게 건강이 무너져 내렸다.

마야 왕비는 처음에는 자신의 병을 드러내는 것을 꺼려했다. 자칫 국가적인 잔치 분위기에 찬물을 끼얹을까, 걱정했기 때문이다. 하지만 이미 병이 너무 깊어져 결국 주변 사람들이 모두 알게 되었다.

나라 안팎의 훌륭한 의사들을 데려와 갖가지 약을 쓰고 다양한 방법으로 치료했다. 하지만 마야 왕비의 병은 점점 깊어만 갔다. 이미 건강을 다시 회복시킬 수 없는 상태였다.

아기가 태어나고 꼭 일주일이 지났다. 그날따라 유난히 바람이 거칠게 불었다. 연약한 나뭇가지가 찢기고 풀잎이 꺾였으며 꽃받침에서 멀쩡하게 붙어 있던 꽃잎이 떨어져 나갔다.

먹장구름이 몰려오고 싸늘한 공기가 침략군처럼 카필라 국을 감쌌다. 눈부시게 아름다웠던 봄날의 풍경은 한순간 자취없이 사라져버렸다. 비바람이 몰아치는 늦가을의 날씨처럼 을씨년스럽게 돌변했다.

침대에 누운 마야 왕비는 말라버린 우물처럼 몸 안에 힘이 거의 남아 있지 않았다. 하지만 우물 바닥을 긁어 한 방울 한 방울 물을 모으듯 아스라이 남아 있는 힘을 모으려고 애썼다. 이대로 체념하고 누워 있다가는 아기의 얼굴을 다시는 영원히 볼 수 없을지 모르기 때문이었다.

어머니의 사랑은 수십 년 동안 주어도 아쉬움이 남는 것이다. 그런데 고작 뱃속에서 열 달, 세상 밖에서 일주일. 마야 왕비가 아기에게 사랑을 내려주기에는 너무도 짧은 시간이었다. 그러나 이제 앞으로 남은 시간은 그보다 더 짧은 순간.

마야 왕비는 몇 시간 동안 그러모은 힘을 다해 겨우 몸을 반쯤 일으킬 수 있었다. 그리고 아기를 바라봤다.

아기는 아주 평온하게 요람에 누워 배냇짓을 하며 잠을 자고 있었다. 마야 왕비는 아기가 태어나던 순간 하늘에선가 들판에선가 아니면 자신의 마음속에선가 어디에선가 들려왔던 소리를 떠올렸다.

'하늘 위 하늘 아래 생명이 가장 소중하니, 그 생명들이 고통에서 벗어나 평화롭게 살게 하리라.'

마야 왕비는 그 소리처럼 아기가 모든 생명들에게 평화와 행복을 가져다주는 존재로 자라나길 마음속으로 간절하게 빌었다. 전륜성왕이 된다면 전쟁과 배고픔이 없는 나라를 만들고, 깨달음을 얻는다면 슬프고 괴로운 사람들도 행복하게 살 수 있도록 도와주는 사람.

마야 왕비는 몸 안에 얼마 남아 있지 않은 검불 같은 기운을 불살라 찬란한 빛을 만들었다. 그 빛을 간절한 기도에 실어 아기에게 보냈다. 이윽고 아기를 향한 간절한 기도를 마쳤다. 그러자 마야 왕비의 몸 안에 실오라기처럼 남아 생명을 지탱하던 힘줄이 툭 끊어져 버렸다. 숨을 거두고 만 것이다. 싯다르타를 낳고 딱 일주일 만에 일어난 일이었다.

숫도다나 왕은 머리를 쥐어뜯으며 통곡했고 카필라 국의 백성들은 가슴을 치며 슬퍼했다. 탄생의 기쁨이 채 가시기도 전에 너무도 가혹한 슬픔이 그 자리를 차지해버렸다.

얼마 후 당시의 풍습에 따라 마야 왕비의 여동생이 아기의 새어머니이자 새 왕비로 들어왔다. 새 왕비의 이름은 마하파자파티 왕비였다. 마하파자파티 왕비는 마야 왕비 못지않게 지혜롭고 따뜻한 사람이었다. 그녀는 싯다르타가 슬픔에 빠지지 않도록 모든 정성을 다했다.

하지만 비극을 감출 수는 없었다. 싯다르타가 학교를 다니고 세상에 대해 하나둘씩 눈떠가던 어느 날, 싯다르타는 친어머니가 자신을 낳은 지 일주일 만에 세상을 떠났다는 사실을 알게 되었다. 싯다르타는 며칠 동안 밥도 먹지 못했고 잠도 제대로 잘 수 없었다.

'나를 낳고 세상을 떠난 어머니. 왜 나는 태어났고 어머니는 세상을 떠날 수밖에 없었던 것일까?'

새어머니인 마하파자파티의 따뜻한 손길도 싯다르타의 슬픔과 의문을 없앨 수는 없었다.

벌레와 작은 새와 매

열두 살 되던 해 봄, 싯다르타는 부왕 슛도다나와 함께 밭갈이 행사에 따라나섰다. 백성 대부분이 농사를 짓는 카필라 국에서 밭갈이는 국가적으로 아주 중요한 행사였다. 밭갈이 행사를 통해 카필라 국 사람들은 한 해 농사의 시작을 알리고 한마음 한뜻으로 풍년을 기원하곤 했다.

싯다르타는 오랜만에 왕궁을 벗어나 신선한 바깥 공기를 마시자 마음까지 확 트이는 것 같았다. 오늘 하루만큼은 즐겁게 보내고 싶었다. 그동안 자신을 사로잡았던 여러 가지 복잡하고 답답했던 생각들을 확 벗어던지고 싶었다. 대자연 속에서 자유롭게 놀아야겠다고 마음먹었다.

왕족과 대신들이 모인 행사장에는 즐거운 음악과 유쾌한 이야기가 흘러넘쳤다. 한쪽에는 맛있는 음식과 마실 거리들이 수북이 놓여 있었다. 싯다르타는 들떠 있는 일행들의 틈바구니에 끼어 친구 우다인과 음식을 먹으며 농담을 주고받았다.

우다인은 얼마 전 자신이 만난 한 여자아이 이야기를 화제로 꺼냈다. 우다인은 아버지를 따라 사냥을 나갔다가 길을 잃어 어느 마을에 흘러들게 되었다. 천민인 수드라(인도의 계급제도인 카스트 가운데 제일 낮은 계급. 승려인 브라만, 귀족과 무사인 크샤트리아, 평민인 바이샤 계급 아래 수드라가 있다)들이 사는 마을이었다.

어느 허름한 집 앞에서 길을 묻기 위해 집주인을 불렀는데 우다인 또래의 여자아이가 나왔다. 여자아이는 수드라 출신답지 않게 얼굴이 아름다웠고 까무잡잡

한 피부에 검은 색 눈동자가 맑고 깊어보였다.

우다인은 여자아이의 도움을 받아 겨우 길을 찾아 집으로 돌아왔다. 우다인은 여자아이가 마음에 들었다. 여자아이와 헤어진 이후 몇날 며칠 동안 머릿속에서 맑게 빛나던 검은 눈동자가 떠나지 않았다.

우다인은 여자아이를 다시 만나기 위해 하인에게 수드라의 마을이 있는 곳을 알려달라고 말했다. 우다인의 말을 들은 하인은 펄쩍 뛰며 그를 말렸다.

"도련님 같은 크샤트리아는 절대 수드라 따위 천한 것을 만나면 안 됩니다. 만일 이 사실이 여러 사람에게 알려지면 그 수드라 여자아이는 목숨을 부지하지 못할 것입니다. 그 여자아이를 위해서도 제발 만나는 것만은 참아주세요."

우다인은 남의 얘기를 하듯 별로 대수롭지 않게 이야기하며 카스트 제도에 대해 투덜댔다. 그러나 싯다르타는 그 이야기를 들으면서 마음이 서늘해졌다. 수드라 여자아이의 눈동자가 슬프게 자신을 바라보고 있는 것 같았다.

싯다르타는 기분전환을 할 겸 행사장을 빠져나갔다. 행사장 너머로 밭이 보였다. 밭 가운데 농부 한 사람이 쟁기질을 하고 있었다. 이미 햇살은 뜨거워져 농부의 얼굴과 팔뚝에 지렁이 같은 굵은 땀이 흘러내렸다.

농부의 쟁기가 지나갈 때마다 붉은 흙의 속살이 드러났다. 그리고 그 속에서 겨우내 잠을 자던 벌레들이 드러났다. 벌레들은 갑자기 햇빛 아래 놓이자 깜짝 놀라 꿈틀거렸다.

그때였다. 싯다르타 앞을 작은 새 한 마리가 날카롭게 지나갔다. 그러더니 어느새 발톱으로 흙의 속살을 파헤쳤다. 다시 하늘 높이 날아오르는 새의 발톱엔 벌레 한 마리가 발버둥을 치고 있었다. 싯다르타가 놀란 눈길로 새를 바라보는데, 엄청난 일이 뒤이어 벌어졌다.

높은 하늘에서 갑자기 매 한 마리가 급강하하더니 작은 새의 몸을 낚아챘다.

매의 발톱 사이에서 작은 새는 벌레처럼 발버둥 쳤지만 결코 빠져나갈 수 없었다. 작은 새는 깃털만 몇 터럭 허공에 남기고 매와 함께 저 산 너머로 사라져버렸다.

순식간에 일어난 일이었다. 싯다르타는 행사장을 빠져나와 밭으로 달려갔다. 계속되는 쟁기질로 벌레들은 흙 밖으로 꿈틀거리며 기어 나오고 한 떼의 새들이 쟁기 뒤를 따라다니며 벌레를 낚아채 갔다.

싯다르타는 벌레와 작은 새와 매가 서로 먹고 먹히는 모습을 그대로 지켜볼 수가 없었다. 농부의 쟁기질을 멈추게 해야겠다고 생각하고 가까이 다가갔다.

멀리서 볼 때와 달리 농부의 옷차림은 허름했다. 검게 그을린 농부의 얼굴과 팔과 어깨는 뼈가 앙상하게 드러날 정도로 말라 있었다. 쟁기를 끄는 늙은 소는 농부의 채찍을 받으며 코로 가쁜 숨을 몰아쉬었다. 싯다르타는 농부와 늙은 소의 모습을 가까이서 보자 우뚝 멈춰 서지 않을 수 없었다.

'쟁기질을 멈추라고 하면 농부에게 농사를 짓지 말라고 하는 것이나 마찬가지겠지. 그렇다면 농부는 무엇을 먹고 살아야 할까? 내가 먹고 살기 위해서는 어쩔 수 없이 다른 생명의 목숨을 잃게 만들 수밖에 없는 것일까?'

싯다르타는 이제껏 한 번도 생각해보지 않았던 새로운 물음에 맞닥뜨렸다.

싯다르타는 농부와 늙은 소를 뒤로 하고 다시 행사장으로 돌아왔다. 행사장에 모인 왕족과 귀족들은 방금 전 싯다르타가 본 풍경과는 정반대로 마음껏 음식을 즐기며 웃고 떠들어댔다. 풍요로움과 여유가 흘러넘쳤다. 쟁기질에 따라 흙 속에서 벌레가 튀어나오듯 싯다르타에게는 또 다른 물음이 꼬리에 꼬리를 물고 이어졌다.

'아, 농부는 자신의 밥벌
이만을 위해서 일하는 것이
아니지. 내가 그동안 누렸던
호사스러운 옷과 음식도 농부
들이 바친 것이구나, 여기 모인
왕족과 귀족들에게 공물과 세금을 바
치기 위해 이렇게 고통스럽게 일을
하고 있구나. 나는 내가 누리는 것
이 당연한 것으로 생각했는데, 농부들
이 희생과 고통을 치른 대가였구나.'

싯다르타는 더 이상 행사장에 머물 수가 없었다. 스스로가 부끄러웠고 모든
사람이 무서웠다. 무작정 사람이 보이지 않는 곳을 찾아 헤매었다.

인적이 드문 어느 숲 한 가운데에 외롭게 잠부 나무가 한 그루 서 있었다. 싯
다르타는 잠부 나무 아래 조용히 앉았다. 그리고 오늘 하루 동안 자신이 본 놀라
운 풍경과 떠오른 물음을 하나하나 되돌아봤다.

처음에는 여러 가지 생각이 한꺼번에 떠올라 머릿속에서 뒤엉켰다. 농부, 늙
은 소, 벌레, 작은 새, 매, 왕족과 귀족들, 우다인, 수드라 여자아이, 친어머니, 새
어머니, 부왕…….

물음들을 하나씩 곱씹는데 갑자기 억지 주장을 담은 목소리가 들려왔다.

"어차피 세상은 다 그런 거야. 너는 먹지 않고 살 수 있어? 살려면 다른 생명
을 빼앗을 수밖에 없는 거야. 벌레나 새 따위 목숨을 갖고 고민에 빠지다니. 더구
나 너는 왕자로 태어났잖아. 바이샤 계급인 농부들하고는 태생이 다르다고. 왕자
이기 때문에 그들에게 공물과 세금을 받는 것은 당연하지. 그리고 너는 가장 호사

스럽게 인생을 누릴 권리가 있어. 몇십 년 뒤에는 카필라 국이 네 것이 되잖아. 너는 부왕인 숫도다나 왕을 이을 이 나라의 태자라고. 알겠어?"

싯다르타는 벌떡 일어나 억지 주장이 들려오는 쪽을 향해 소리쳤다.

"그건 말이 안 되는 얘기야. 벌레나 새나 매나 소나 사람이나 다 같이 소중한 목숨이라고. 누구를 위해 누가 희생되어도 좋다는 것은 옳지 않은 얘기야. 브라만, 크샤트리아, 바이샤, 수드라도 마찬가지야. 왜 같은 사람인데 서로 차별하고 차별받아야 하는 거지?"

싯다르타는 가슴 속에서 차오르는 항변을 폭포수처럼 모두 쏟아내고 싶었다. 하지만 곧바로 멈추었다. 억지 주장을 하는 목소리의 주인공은 싯다르타 마음 밖에 있는 것이 아니라 안에 있을지도 모른다는 생각이 문득 들었기 때문이었다.

싯다르타는 더 이상 마음의 꼬리를 잡거나 억지 주장과 싸우지 말아야겠다고 다짐했다. 그리고 잠부 나무 아래 가부좌(명상을 할 때 발바닥이 양 무릎 위에 올라오게 앉는 자세)를 틀고 앉았다.

갈래갈래 뻗어가는 생각들을 마음에서 하나씩 지웠다. 어지러웠던 마음이 고요해졌다. 마음의 움직임이 보이는 것 같았다. 그러자 하루 종일 혼란스러웠던 마음이 가라앉으면서 평화가 찾아왔다. 처음 맛보는 평화였다.

숫도다나 왕은 일행과 함께 행사장에서 갑자기 사라진 아들을 찾아 헤맸다. 한참 뒤 잠부 나무 아래에서 고요히 명상에 잠긴 싯다르타를 발견했다. 여러 사람들이 다가가는데도 싯다르타는 아무 것도 모른 채 깊은 명상에 잠겨 있었다.

공부에 흥미를 잃다

열여덟 살이 된 싯다르타에게 공부는 큰 위안이자 만족이었다. 공부에 몰두하는 순간만큼은 여러 가지 복잡한 생각에서 벗어날 수 있었다. 걷잡을 수 없이 갈래를 뻗어나가는 물음도 한 군데로 모아지는 듯했다.

마음 속 질문에 대한 답변이 어렴풋이 보이는 것 같기도 했다. 마치 험난한 가시밭과 무성한 풀숲에 가려져 어느 곳을 가야 할지 모르는 상황에서 희미하게 오솔길의 흔적을 발견했을 때처럼.

싯다르타는 주변의 칭찬이나 부러움, 시샘 따위는 아예 마음에 두지 않았다. 오직 진리를 발견하는 것만이 싯다르타에게 즐겁고 설레는 일이었다. 싯다르타는 파고 또 파고 마침내 더 이상 팔 수 없는 바닥이 나올 때까지 파고드는 집요한 청년이었다.

문학이나 수학 같은 학문들도 흥미로웠고 무술이나 병법을 익히는 것도 즐거웠다. 특히 싯다르타는 활쏘기에 아주 능해 또래 친구들보다 화살이 더 멀리 나갔으며 정확하게 과녁을 꿰뚫었다. 무술과 운동으로 단련된 건강한 몸과 마음 덕분에 싯다르타는 공부에 대한 열정을 지치지 않고 불태울 수 있었다.

하지만 싯다르타를 가장 매혹시킨 것은 역시 우파니샤드였다. '무릎을 맞대고 전하는 신비한 가르침'이라는 뜻의 우파니샤드는 싯다르타가 품고 있는 세상과 사람에 대한 의문을 풀어가는 데 중요한 실마리를 제공해 주었다.

그러나 밭갈이 행사 이후 싯다르타는 우파니샤드에도 흥미를 잃어버리고 말았다. 꼬리에 꼬리를 물고 엮어진 생명과 죽음의 고통에 대해 우파니샤드는 더 이상 답을 주지 못했다.

숫도다나 왕은 이런 싯다르타의 변화가 심상치 않다고 판단했다. 숫도다나 왕은 한동안 잊고 있었던 아시타 선인의 예언이 떠올랐다.

"왕자님은 가장 높은 깨달음을 얻어 붓다가 되실 겁니다."

아시타 선인이 예언했던 대로 싯다르타가 더 극단적인 선택을 하기 전에 어떤 분명한 조치를 취해야겠다고 숫도다나 왕은 결심하고 그 방법을 찾기 시작했다. 여러 날을 고민한 끝에 좋은 생각이 떠올랐다.

숫도다나 왕은 싯다르타의 친구 우다인을 불렀다. 숫도다나 왕은 우다인에게 자신의 계획을 설명하고 싯다르타가 마음을 돌릴 수 있도록 옆에서 잘 도와달라고 당부했다. 우다인은 카필라 국과 싯다르타를 위한 일이라면 무엇이든 하겠다며 기꺼이 왕명을 받들었다.

숫도다나 왕은 곧바로 계획을 실행에 옮겼다. 먼저 싯다르타가 생활하는 태자궁 내부와 주변을 화려하게 장식했다. 태자궁 내부를 화려한 색상으로 칠하고 온갖 반짝이는 무늬의 커튼을 달았다. 야릇한 느낌을 불러일으키는 장식물들을 곳곳에 세웠다. 정원 한 가운데 자리 잡은 연못에는 붉은색, 흰색, 푸른색 등 여러 가지 색깔의 연꽃을 키우고 온갖 아름다운 꽃들로 마당을 꾸몄다.

숫도다나 왕은 궁녀 가운데 가장 빼어난 미녀들을 여러 명 골라 뽑아 싯다르타의 시중을 들게 했다. 그녀들은 향수를 푼 따뜻한 물에 태자를 매일 목욕시켰다. 온갖 교태가 넘치는 몸짓으로 싯다르타 앞에서 노래를 부르고 춤을 췄다.

싯다르타는 갑작스러운 변화에 당황해하며 한동안 어찌할 바를 몰랐다. 지금까지도 호사스러운 생활을 누렸는데 그것과 비교가 안 될 만큼 미녀들이 극진한 시중을 들었다. 우다인이 거의 매일처럼 싯다르타를 찾아와 오랫동안 시간을 함게 보냈다.

어느 날 우다인은 카필라 국에서 가장 아름다운 미녀들을 데리고 왔다. 우다인은 싯다르타 앞에서 미녀들과 포옹을 하였다. 한쪽에서 그 광경을 바라보고 있던 다른 미녀들이 싯다르타에게 다가왔다. 그녀들은 막무가내로 싯다르타의 품을 파고들었다.

싯다르타는 더 이상 미녀들의 유혹에 휘말려서는 안 되겠다고 판단했다. 싯다르타는 정중하게 미녀들을 물리치고 우다인에게 그만 돌아가라고 말했다. 그리고 앞으로 계속 이런 식으로 행동한다면 오랜 우정도 끊어버리겠노라고 못을 박았다.

우다인은 놀란 눈빛으로 싯다르타를 바라보았다. 우다인이나 싯다르타나 가슴에서 불꽃이 타오르고 심장에서 뜨거운 피가 펄펄 끓을 나이의 청년이었다. 그런 청년들에게 아름다운 여자의 유혹은 결코 참아내기 어려운 것이었다. 마치 볏짚이 불을 만난 것과 다름없는 상황이었다.

우다인은 싯다르타의 행동을 이해할 수 없었다. 싯다르타가 처음에는 미녀들의 유혹 앞에 머뭇거리겠지만 곧바로 그것을 받아들이고 즐길 것이라고 판단했기 때문이다. 친구 사이에서 결코 나와서는 안 될 절교라는 말까지 꺼내며 싯다르타가 거부하리라고는 예상하지 못했다. 우다인은 겸연쩍은 표정을 거두고 정색을 하며 싯다르타에게 말했다.

"너는 이 세상을 어떤 즐거움으로 살아가니? 돈? 권력? 명예? 이런 것들은 아직은 젊은 우리들의 것이 아니지. 우리 아버지 정도의 나이가 되면 자연히 우리 것이 되겠지. 하지만 지금 우리가 누릴 수 있는 즐거움은 어쩌면 이런 미녀들과 나누는 쾌락일지 몰라. 마음껏 즐기는 것이 젊은 우리들의 특권이야. 더구나 너는 앞으로 카필라 국을 이끌어갈 태자잖아. 무엇이 두려워 머뭇거리고, 무엇이 걸려

이 쾌락을 거부하는 거지?”

싯다르타는 묵묵히 우다인의 항변을 들으며 생각했다. 우다인에게 절교라는 말까지 꺼낸 것이 지나치다 싶어 미안한 마음이 들었다. 하지만 우다인의 주장에는 동의할 수 없었다. 싯다르타는 연못 위에 얼굴을 내민 연꽃을 바라보며 차분하게 대답했다.

“미녀들과 나누는 쾌락을 경멸하는 것은 아니야. 쾌락이 있어야 사랑이 있고, 그래야 생명이 태어난다는 것은 나도 잘 알고 있어. 하지만 젊은 날을 거기에 빠져 산다는 것은 너무 허탈하지 않을까? 과연 이 쾌락이 얼마나 오래갈 수 있을까? 시간이 지나면 여기 있는 미녀들의 피부는 쭈글쭈글해질 것이고 나 역시 얼굴에 주름살이 가득하겠지. 이렇게 앞날을 상상하다 보면 이렇게 한가하게 살아서는 안 되겠다는 생각이 들어.”

싯다르타의 얘기를 다 들은 우다인은 자신의 친구가 어떤 고민에 사로잡혀 있는지 어렴풋이 알 수 있을 것 같았다. 우다인은 더 이상 미녀들을 데려다 싯다르타를 유혹하는 따위의 헛수고는 하지 않겠노라고 약속하고 우정이 변함없이 이어지길 바란다고 말했다.

네 개의 문… 그리고 싯다르타의 꿈

우다인은 싯다르타에게 갑갑한 궁궐에만 있지 말고 백성들이 사는 모습도 볼 겸 바깥나들이를 해보라고 이야기했다. 싯다르타는 우다인의 제안이 마음에 들었다. 싯다르타는 마부 찬나(찬타카)를 불렀다. 싯다르타는 말이 끄는 수레를 타고 동쪽 성문을 빠져나갔다.

성문 밖은 농익을 대로 농익은 봄날이었다. 형형색색의 꽃들이 진한 향기를 뿜으며 싯다르타 일행이 탄 수레를 맞이했다. 싯다르타는 꽃향기가 섞인 맑은 공기를 크게 들이마셨다.

싯다르타는 꽃을 찾아 날아다니는 벌이나 나비처럼 몸이 금세 가벼워져 하늘로 두둥실 떠오를 것 같았다. 찬나는 말을 몰면서 연신 재미있는 농담으로 싯다르타를 웃겼다. 싯다르타와 찬나의 밝은 웃음소리가 맑은 하늘로 퍼져나갔다.

수레를 끄는 말은 힘들게 언덕을 넘자마자 빠른 속도로 내리막길을 질주했다. 빠른 박자의 말발굽 소리가 경쾌했다. 싯다르타는 수레의 속도가 빨라지는 만큼 몸도 마음도 더 가벼워지는 것 같았다.

그런데 갑자기 말발굽 소리가 끊기며 말이 멈춰 섰다. 싯다르타의 몸이 앞으로 넘어질 것처럼 확 쏠렸다. 찬나가 투덜대며 수레에서 내렸다.

"할아버지, 갑자기 뛰어드시면 어떡해요? 큰일 날 뻔했잖아요."

수레 앞에는 늙고 초라한 차림의 노인이 허리도 제대로 펴지 못한 채 찬나의 역정을 듣고 있었다. 노인은 연신 고개를 주억거리며 "송구합니다."라는 말만 되풀이했다.

싯다르타는 노인의 행색을 살펴봤다. 양쪽 눈엔 희끄무레한 백태 같은 눈곱이 잔뜩 끼어 있고, 이는 대부분 빠져버려 입과 볼이 움푹 들어간 합죽이가 되었다. 얼굴과 손등에는 검버섯이 뒤덮었고 몇 올 남지 않은 흰 머리카락이 아무렇게나 엉켜 있었다.

싯다르타의 가벼웠던 마음이 시나브로 납덩이처럼 무거워졌다. 싯다르타는 찬나에게 노인이 다친 곳이 없는지 살펴보고 돌려보내라고 말했다. 싯다르타는 구부정한 허리로 비칠비칠 걸어가는 노인의 모습이 사라질 때까지 노인에게서 눈을 떼지 못했다.

싯다르타 일행은 수레의 방향을 남쪽 성문 밖으로 돌렸다. 남쪽 성문 밖에서는 갖가지 짐승들이 봄 햇살을 받으며 숲 속을 뛰어다녔다. 코끼리는 귀여운 새끼를 데리고 다니며 나무열매를 따먹고, 사슴은 무리지어 다니며 부드러운 풀을 뜯어먹었다. 원숭이는 긴 팔로 이 나무에서 저 나무로 그네를 타듯 건너가고 새들은 짝을 지어 요란하게 지저귀며 날아다녔다.

싯다르타는 온갖 짐승들이 여유롭게 노는 모습을 더 가까운 곳에서 보고 싶었다. 찬나에게 수레를 숲으로 더 가까이 몰라고 말했다. 숲으로 다가서자 큰 나무에 가려서 보이지 않았던 곳에 작은 오두막이 한 채 서 있었다. 그런데 오두막 앞에는 숲의 평화로운 풍경과는 어울리지 않게 한 사람이 누더기를 입고 널브러져 있었다. 그 사람은 언뜻 보기에도 매우 아픈 것 같았다.

싯다르타는 수레에서 내려 오두막을 향해 걸어갔다. 찬나가 두 팔을 벌려 앞을 가로막았다.

"태자님, 안 됩니다. 저 사람은 지금 전염병에 걸렸는지도 모릅니다. 저 사람에게 가까이 갔다가 태자님까지 몹쓸 병에 걸리면 어떻게 합니까?"

싯다르타는 가로막아서는 찬나를 조용히 밀쳐냈다. 그리고 병들어 누워 있는 사람에게 다가가 그 앞에 쭈그려 앉았다. 그의 낯빛에는 핏기가 거의 사라지고 입술은 말라 터져 피가 엉겨 있었다. 그는 싯다르타를 보자 어떻게든 몸을 일으키려 했다. 하지만 몸이 말을 듣지 않았다.

싯다르타는 찬나와 함께 병자를 부축해 수레에 태우고 성 안의 의사에게 데려갔다. 싯다르타는 몸에 지니고 있던 장신구 가운데 하나를 의사에게 건네주며 말했다.

"이 사람이 다 나을 때까지 최선을 다해 치료해 주세요. 꼭 병이 나아야 합니다. 부탁합니다."

싯다르타가 궁궐로 돌아온 뒤 며칠이 지났다. 찬나가 우울한 얼굴로 싯다르타에게 다가왔다. 찬나는 무슨 말을 할 듯 말 듯 입술만 달싹거렸다. 좀처럼 말을 꺼내지 못하기에 찬나를 가까이 불러 말을 시켰다.

"찬나야, 왜 그러느냐? 수레를 타고 또 바깥나들이를 할까?"

그때서야 찬나는 차마 꺼내지 못했던 말을 입 밖으로 겨우 꺼낼 수 있었다.

"태자님, 안 좋은 일이 생겼습니다. 지난 번 태자님이 의사에게 치료를 부탁했던 병자가 어제 그만 죽고 말았답니다. 오늘 그 사람의 장례를 치르기로 했다고 합니다."

싯다르타는 찬나와 함께 서둘러 서쪽 성문 밖으로 나갔다. 거적을 덮고 땅바닥에 누워 있는 시체를 둘러싸고 가족으로 보이는 몇 사람들이 슬프게 울고 있었다. 싯다르타는 한 옆에 서서 마치 얼어버린 사람처럼 꼼짝도 하지 못했다. 태어나서 처음으로 직접 목격하는 죽음이었다.

주위 사람들은 울부짖고 땅을 쳤지만 시체는 나무토막처럼 꿈쩍도 하지 않았다.

‘죽음이란 이런 것일까? 코로 숨이 모두 빠져나가면 저렇게 쓰러진 나무토막처럼 아무런 느낌도 생각도 없는 것일까? 그렇다면 지금 여기서 저 사람의 죽음을 지켜보는 나는 저 사람과 무엇이 다른 것일까?’

화장을 하기 위해 시체를 강가로 옮겼다. 시체를 장작더미 위에 올려놓고 불을 붙이자 거대한 불꽃 속에서 어느 것이 시체이고 어느 것이 장작더미인지 가려낼 수조차 없었다. 그저 시체와 장작더미가 함께 만나 붉고 뜨거운 불기둥을 만들어내고 있을 뿐이었다.

‘얼마 후면 불꽃이 모두 사라지고 연기만 피어오르겠지. 주검은 뼛조각 몇 개로 남아 가루로 빻아지고 강물에 뿌려질 거야. 그리고 강물에서 뼛가루의 자취가 가뭇없이 사라지듯 그의 죽음도 사람들 기억 속에서 잊혀가겠지.

그 뼛가루 속에 그의 삶이 얼마나 남아 있을까? 그가 태어났을 때 그의 부모가 가졌을 기쁨과 기대, 그가 자라서 결혼을 하고 아이를 낳고 가장으로서 열심히 일을 하며 만들어 갔을 한 가정의 행복, 가난과 질병으로 굶주리는 날이 많이 생기고 마침내 그가 아무런 일도 하지 못하게 됐을 때 온 가족이 느꼈을 절망감. 이런 것들이 남아 있을까?’

싯다르타는 불기둥을 뒤로 하고 정처 없이 길을 걸었다.

싯다르타의 발걸음은 어느새 북쪽 성문 밖까지 다다랐다. 북쪽 성문 밖으로 멀리 하늘 아래 만년설을 허옇게 쓰고 있는 히말라야 산맥의 봉우리들이 보였다. 싯다르타는 언제부터인가 반짝이는 히말라야의 봉우리들을 보면 가슴이 두근두근 설레었다. 마치 사랑하는 연인을 그곳에 두고 온 것처럼 한시라도 빨리 그곳으로 달려가고 싶었다.

그때 허름한 옷차림을 한 사나이가 싯다르타의 옆에 다가왔다. 그는 싯다르타를 쳐다보지도 않고 히말라야의 봉우리를 함께 바라보다 부드러운 목소리로 말했다.

"히말라야에 가고 싶은 모양입니다. 차림을 보니 지체가 아주 높은 집 자제분 같은데……."

싯다르타는 불쑥 말을 걸어오는 사나이를 돌아보았다. 그는 신발도 신지 않고 손에는 흙으로 구운 질그릇 하나만 달랑 들고 있었다. 그의 행색은 지금까지 싯다르타가 세 개의 문에서 만났던 사람들보다 더 나을 것이 없었다.

하지만 그의 얼굴과 눈빛에서는 감히 넘볼 수 없는 기품과 자신감이 서려 있었다. 싯다르타는 이 사나이에게 강렬한 호기심이 발동했다.

"저는 싯다르타라고 합니다. 괜찮으시다면 무엇을 하시는 분인지 말씀해 주실 수 있겠습니까?"

그 사나이는 바로 대답을 하지 않고 깊은 눈빛으로 싯다르타를 한참 동안 바라본 뒤 천천히 입을 열었다.

"저는 숲 속에서 수행하는 사문(집을 떠나 진리를 찾는 일에 모든 것을 바치는 사람들로 브라만교의 권위를 인정하지 않았다.)입니다. 성안에 사는 브라만들과는 다른 길을 가고 있습니다."

"왜 사문이 되셨습니까?"

"저도 사문이 되기 전에는 사랑하는 사람과 헤어지고 누군가를 미워하고 소중한 것을 잃어버리면 고통과 슬픔에 빠지는 삶을 살았지요. 아마도 사문이 되지 않았다면 살아가는 동안 병들고 늙고 마침내 세상에서 사라지는 고통과 슬픔에 시달리며 시간을 보냈겠지요. 저는 그런 고통과 슬픔을 끊어버리기 위해 사문이 되었습니다."

싯다르타는 머릿속에서 '번쩍' 하고 빛이 나는 것 같았다. 지금까지 싯다르타는 고민과 번뇌에 마음이 짓눌려 있었을 뿐, 그 고민과 번뇌를 풀어내는 길은 찾지 못했다. 짙은 안개 속을 걷는 사람처럼 길과 길 아닌 것조차 구별하지 못했다.

드디어 싯다르타는 진리의 길을 가고 있는 사람을 만난 것이다.

싯다르타는 사문에게 물었다.

"그러면 고통과 슬픔을 끊어버릴 수 있는 길을 찾았습니까?"

사문은 움푹 팬 볼에 깊은 우물을 만들며 엷게 웃음을 지었다. 그리고 천천히 대답했다.

"글쎄요. 아직 완전한 깨달음의 길을 찾지는 못했습니다. 열심히 찾고 있을 뿐이지요."

"어떻게 해야 깨달음의 길을 찾을 수 있나요?"

"저뿐만 아니라 많은 사문들은 가족과 친구를 떠나 이렇게 숲 속에서 생활합니다. 따뜻한 잠자리, 맛있는 음식, 멋있는 옷, 재미있는 것들을 모두 버리고 추운 잠자리, 거친 음식, 허름한 옷, 힘든 수행(명상 등을 하면서 진리를 찾는 것)을 선택합니다. 하루의 대부분을 조용한 나무 아래 앉아서 보냅니다. 고요함과 평화를 잃지 않고 마음을 집중하여 깊은 명상에 듭니다."

싯다르타는 사문을 만남으로써 드디어 꿈을 갖게 되었다. 어린 시절부터 지금까지 막연하게 품고 있던 것들의 정체를 분명하게 알아내야겠다고 생각했다. 그리고 그것들을 해결할 수 있는 방법을 반드시 찾아내겠다고 다짐했다. 그것은 싯다르타 자신을 포함해 모든 생명들의 고통과 슬픔을 끊어버리는 길이었다.

그 순간, 화장터에서 헤어져 싯다르타를 찾아 헤매던 찬나가 나타났다. 아마 찬나가 나타나지 않았다면 싯다르타는 궁궐에 돌아가는 일도 잊어버렸을 것이다. 싯다르타는 부왕이 걱정하신다는 찬나의 성화에 못 이겨 내키지 않는 발걸음을 왕궁으로 향했다.

야쇼다라를 만나 결혼하다

숫도다나 왕은 찬나에게서 싯다르타가 북문에서 사문을 만난 이야기를 듣고 깊은 시름에 잠겼다. 정녕 아시타 선인의 예언대로 흘러가는 것인가? 숫도다나 왕은 마하파자파티 왕비에게 싯다르타에 대한 고민을 털어놨다.

마하파자파티는 숫도다나 왕과 결혼한 이후 왕자 난다와 공주를 낳았다. 하지만 싯다르타에 대한 애정은 친자식과 다름없었다. 마하파자파티는 싯다르타가 숫도다나 왕의 뒤를 이어 카필라 국을 부유하고 강력한 힘을 가진 나라로 키워야 한다고 늘 생각했다.

마하파자파티는 숫도다나 왕에게 싯다르타의 마음을 붙들어 둘 수 있는 방법을 말했다. 싯다르타를 결혼시키는 것이었다. 이제 열아홉 살의 나이로 접어든 건장한 청년 싯다르타에게 결혼은 아주 자연스러운 일이었다. 아름답고 마음이 잘 통하는 처녀와 결혼한다면 끝도 없이 뻗어나가는 싯다르타의 고뇌와 사색도 멈출지 모를 일이었다.

더구나 사람과 사람을 엮는 것이야말로 세상에서 가장 떼어놓기 힘든 질긴 동아줄이 아닌가. 결혼을 하고 아이를 낳는다면 출가해서 사문이 되는 일은 결코 일어나지 않을 것이라고 왕과 왕비는 생각했다.

부왕은 싯다르타를 불러 결혼 이야기를 꺼냈다. 싯다르타는 아직은 마음의 준비가 안 됐으니 나중으로 미뤄 달라고 간청했다. 싯다르타는 생각했다.

'이제 사문을 만나 길이 어렴풋이 보이고 인생의 꿈과 목표를 갖기 시작했는

데, 결혼을 한다면 그 모든 것이 물거품이 될지도 모른다.'

싯다르타는 가능하다면 아예 결혼을 하지 않고 혼자 살았으면 좋겠다는 생각까지 했다.

숫도다나 왕은 싯다르타의 속마음을 재빨리 알아차리고 눈물로 호소했다.

"싯다르타, 너도 알다시피 이제 내 나이도 예순 살이 넘었구나. 궁궐 밖에서 땅을 파며 사는 바이샤나 수드라 같은 백성들도 내 나이가 되면 손자를 품에 안고 말년을 행복하게 보낸단다. 이제 네가 나에게 그런 기쁨을 줄 수는 없는 게냐?"

싯다르타는 입을 굳게 다물었다. 부왕의 호소가 너무도 간절했다. 자칫 입을 떼었다간 결혼을 하겠노라는 말이 저절로 나올지도 모르는 일이었다.

옆에서 침묵을 지키고 있던 마하파자파티 왕비가 나섰다.

"싯다르타, 마야 왕비가 돌아가시고 난 다음부터 지금까지 부왕이 어떻게 사셨는지 잘 알고 있지요? 부왕은 오직 태자를 바라보며 사셨어요. 태자가 공부와 무예에 뛰어난 능력을 보였을 때 부왕은 하늘로 날아 올라갈 것처럼 기뻐했고, 태자가 고민에 빠져 숲을 헤매고 다닐 때 땅속으로 꺼질 것처럼 슬퍼했어요. 이제 태자도 자신만을 생각할 것이 아니라 부왕을 행복하게 해 드릴 때가 되지 않았나요?"

그동안 싯다르타의 모든 것을 이해하고 감싸주던 마하파자파티 왕비였다. 마하파자파티 왕비는 평소에는 싯다르타가 난처하게 여길 이야기는 아예 하지 않는 성품이었다. 이렇게까지 이야기하는 것은 처음 있는 일이었다.

싯다르타는 부왕의 눈물에 흔들렸다. 그리고 열아홉 해 동안 온갖 정성을 다해 자신을 친자식처럼 키워 준 마하파자파티 왕비의 간곡한 바람을 외면할 수 없었다. 당장 꿈을 이루는 길로 달려가고 싶었지만 잠시 미뤄 두기로 했다. 싯다르타는 결국 결혼을 하겠다고 승낙하고 말았다.

숫도다나 왕은 나라 안팎으로 싯다르타의 배필이 될 처녀를 물색하기 시작했다. 수소문 끝에 적당한 사람이 나타났다. 마야 왕비의 모국이기도 한 콜리야 국의 야쇼다라 공주였다.

야쇼다라는 지혜로우면서도 당당한 성격을 가진 처녀였다. 야쇼다라는 오래전부터 싯다르타에 대한 소문과 명성을 익히 들어 알고 있었다. 그가 매력적인 외모를 가졌을 뿐만 아니라 아주 명석한 두뇌와 따뜻한 마음까지 가진 청년이라는 사실을.

야쇼다라는 또 알고 있었다. 싯다르타가 사람과 세상에 대해 아주 깊은 고민을 하고 있으며 이따금씩 히말라야 산맥의 봉우리를 바라보며 무언가를 꿈꾼다는 사실을.

야쇼다라는 언제부터인가 그런 싯다르타의 마음을 갖고 싶었다. 히말라야 산맥으로 향하는 그의 마음을 자신에게 온전히 돌려놓고 싶었다. 카필라 국으로부터 결혼 제의를 받음으로써 야쇼다라는 가슴에 품었던 꿈을 드디어 이룰 수 있게 된 셈이었다.

야쇼다라는 싯다르타와 결혼을 한 이후 남편의 마음을 돌려 놓기 위해 여러 가지 노력을 기울였다. 야쇼다라는 평소 관심이 높은 문학과 음악에 대해 싯다르타에게 여러 가지 궁금한 점을 물었다. 또 처녀 시절 고전에서 읽은 재미있는 이야기를 싯다르타에게 직접 들려주기도 했다.

"어느 마을에 아주 고집 센 부부가 살았어요. 부부가 떡을 먹는데 접시에 마지막으로 한 개가 남은 거예요. 부부는 마지막 떡을 누가 먹을까를 놓고 시합을 벌이기로 했지요. 먼저 말하지 않는 사람이 떡을 먹기로 하고 부부는 몇 시간 동안 입을 닫고 있었어요.

그때 그 집에 도둑이 들어온 거예요. 도둑이 이 물건, 저 물건을 마구 자루에

집어넣었어요. 그런데도 부부는 시합 때문에 아무런 말도 하지 못하고 멀뚱멀뚱 도둑을 바라보기만 했지요. 도둑은 꿀 먹은 벙어리가 된 부부를 번갈아 살펴보다 부인이 곱상하게 생긴 걸 알고 부인을 범하려고 했어요.

결국 참다못한 부인이 '도둑이야!' 소리를 냅다 지르고서야 봉변을 면했어요. 부인은 남편에게 말했어요. '에라, 이 미련한 사내 같으니라고. 그까짓 떡 하나 때문에 마누라가 도둑에게 봉변을 당하는데도 보고만 있느냐?' 그러자 남편이 냉큼 떡을 잡으며 이렇게 말하는 거예요. '당신이 먼저 말했으니까, 이 떡은 내 것이야.'"

야쇼다라의 이야기를 들은 싯다르타가 쾌활하게 웃었다. 그런 싯다르타를 보면서 야쇼다라는 말할 수 없는 행복감을 느꼈다. 싯다르타는 야쇼다라에게 자기도 옛이야기를 하나 들려 주겠다며 입을 열었다.

"옛날 어느 지방에 황금빛 사슴 왕이 오백 마리의 사슴을 거느리며 살았소. 그런데 그 나라의 왕이 어찌나 사슴고기를 좋아하던지 하루도 사슴사냥을 하지 않는 날이 없었지. 왕은 매일 숲으로 사냥을 나가는 것이 귀찮아서 백성들을 동원해 사슴 떼를 왕궁의 정원으로 몰아넣어 가두었소.

왕은 하루에 한 번 화살로 사슴을 한 마리씩 쏘아서 잡아먹었소. 사슴들은 왕의 화살에 맞지 않기 위해 이리저리 뛰어다녔고 항상 공포와 불안에 시달리며 살수밖에 없었소.

어느 날 사슴들은 회의를 열어 제비뽑기로 순서를 정해 왕의 화살을 자청해서 맞기로 결정했소. 서로 죽지 않기 위해 도망치며 불안에 떠는 것보다 그 편이 더 낫겠다고 생각한 거요.

그런데 왕은 황금빛 사슴 왕만은 너무 좋아해서, 사슴 왕이 절대 다치지 않도록 하라고 신하들에게 신신당부를 했소.

며칠이 흘렀소. 그날 하필이면 아기를 밴 암사슴이 제비뽑기에 뽑히고 말았소. 사슴 왕은 암사슴에게 '당신은 아기를 낳아야 하니까, 이번엔 내가 대신 가겠소.' 하고 왕의 화살 앞으로 뚜벅뚜벅 걸어갔소. 왕은 사슴 왕에게 '나는 너를 죽이고 싶지 않은데, 네가 왜 왔느냐?'라고 물었소. 사슴 왕은 자초지종을 이야기했지.

왕은 다른 생명을 위해 제 목숨을 기꺼이 내놓은 사슴 왕의 행동에 감동해 이번만은 살려 주기로 했소. 하지만 사슴 왕은 돌아가지 않았소. 내일이 되면 또 다른 사슴이 화살을 맞을 수밖에 없기 때문이었소. 사슴 왕의 행동을 보고 왕은 크게 뉘우쳐 그날 이후 사냥도 끊고 짐승을 잡아 만든 고기 요리도 먹지 않았소."

야쇼다라는 때때로 음악을 연주하는 악사와 춤추는 무희들을 불러 공연을 열기도 했다. 아름다운 노래와 매력적인 춤을 싯다르타와 함께 감상했다. 그런 뒤 보고 들은 느낌을 서로 주고받았다. 야쇼다라는 싯다르타와 단둘이 있을 때엔 콜리야 국에서 유행하던 노래와 춤을 직접 보여주기도 했다.

숫도다나 왕은 싯다르타와 야쇼다라의 결혼 생활이 순조로운 것을 보고 크게 만족했다. 숫도다나 왕은 태자 부부의 애정이 더욱 깊어지도록 궁궐의 건물 몇 채를 새로 고쳤다. 여름과 겨울, 그리고 비가 많이 내리는 우기에 각각 태자 부부가 편하게 머물고 생활할 수 있도록 배려한 것이었다.

싯다르타는 야쇼다라에게 성실한 남편이었다. 그러나 야쇼다라는 얼마 지나지 않아 싯다르타의 마음을 온전히 얻는 것을 단념하고 말았다. 싯다르타가 야쇼다라에게 내색을 하지 않았을 뿐 그의 꿈을 향한 탐구와 노력을 멈추지 않는다는 사실을 깨달았기 때문이다.

야쇼다라는 생각을 바꿨다. 싯다르타의 마음을 온전하게 얻는 데는 실패했다. 하지만 이런 상태라도 변함없이 이어지길 바랐다. 싯다르타의 마음은 히말라야 산맥을 떠돌더라도 몸만은 카필라 성 안에 자신과 함께 머물기를 바라고 또 바랐다.

전륜성왕도 할 수 없는 일

숫도다나 왕은 국정의 중요한 일들을 하나씩 싯다르타에게 넘기려고 하였다. 백성들의 농사를 돌보고 물을 관리하고 세금을 걷고 병사들을 훈련시키고 문서와 역사를 정리하는 일들이 그런 것들이었다.

숫도다나 왕은 국정에 대한 자신의 오랜 경험을 꼼꼼하게 싯다르타에게 전해 주었다. 그리고 그것에 대한 싯다르타의 의견을 반드시 물었다. 숫도다나 왕이 생각하기에, 싯다르타의 의견이 새롭고 합리적이라고 판단되면 즉시 그것을 국정 운영에 반영했다.

어느새 야쇼다라와 결혼을 한 지 10년 가까운 세월이 흘렀다. 싯다르타는 그동안 카필라 국의 왕위를 이을 태자로서의 수업을 충분히 받았다. 한두 달 뒤 곧바로 국정의 책임을 맡긴다고 해도 손색이 없을 만큼 탄탄한 준비를 갖췄다.

그러나 그러면 그럴수록 싯다르타는 초조해졌다. 숫도다나 왕이 국정에 대한 싯다르타의 의견을 신뢰하면 신뢰할수록, 국정에 대한 자신감과 안목이 커지면 커질수록 헤어날 수 없는 깊은 늪에 빠지는 것 같았다. 싯다르타는 야쇼다라와의 부부 생활이 안정되어 가는 것에 대해서도 마찬가지로 여겼다.

잠시 꿈을 미뤄 두기로 했던 것인데, 어느 틈에 10년의 세월이 흘렀다. 이러다가 영영 꿈을 이루지 못할지도 모를 일이었다.

소낙비가 자주 쏟아지는 우기의 어느 날이었다. 그날따라 빗줄기가 유달리 거세고 오래도록 비가 내렸다. 비가 그치자 숫도다나 왕은 싯다르타에게 백성들이 홍수 피해를 당하지는 않았는지 살펴보라고 지시했다. 싯다르타는 마부 찬나와 함께 수레를 타고 성의 안팎을 시찰했다.

홍수로 인해 길이 끊기고 논과 밭이 물에 잠긴 곳이 더러 눈에 띠었다. 싯다르타는 피해를 본 백성들을 위로하고 피해 상황을 정확하고 자세하게 기록했다. 싯다르타는 수레를 타고 이동하는 자투리 시간에는 피해를 당한 백성들을 도울 방법을 열심히 궁리했다.

수레가 동문 밖을 벗어나 한적한 시골에 다다랐을 때였다. 말을 몰던 찬나가 갑자기 수레를 멈추고 한 방향을 뚫어져라 쳐다봤다. 찬나가 바라보는 방향은 산자락이었다. 찬나는 갑자기 싯다르타에게 잠시 다녀오겠노라고 말하며 산자락을 향해 뛰어갔다.

싯다르타는 찬나의 행동에서 심상치 않은 일이 벌어진 것을 직감했다. 싯다르타는 수레를 끄는 말을 나무에 묶어두고 재빨리 찬나의 뒤를 따라갔다.

집이 한 채 나타났다. 싯다르타가 마당에 들어서는데 울음소리가 온 집안에 가득했다. 그 집은 바로 찬나의 형 다니야의 집이었다.

찬나는 예전에 가끔씩 싯다르타에게 형 다니야에 대해 말한 적이 있었다. 다니야는 소를 치며 농사도 짓는 아주 부지런하고 성실한 농부였다. 언제나 이웃들에게 도움을 주었으며, 착한 아내, 귀여운 아이와 함께 아주 단란하고 행복한 가정을 꾸리며 살고 있었다.

그런데 그만 산사태의 흙더미가 다니야의 집을 덮쳐버린 것이었다. 홍수로 갑자기 생긴 물길이 산자락을 허물어 산사태를 만들었다. 산사태가 집을 덮치던 시각, 다니야와 그의 부인은 밭에서 삽질을 하고 있었다. 밭둑이 터지지 않도록 하기 위해 부지런히 도랑을 내고 있었다. 그 때문에 다니야 부부는 산사태를 피할 수 있었다.

그러나 집 안에서 놀고 있던 여섯 살 난 다니야의 딸과 외양간에 매어져 있던 소들은 모두 흙더미 속에 파묻혀버렸다. 다니야 가족의 행복은 바닥에 떨어진 질그릇처럼 산산조각이 나버리고 말았다.

다니야와 그의 부인은 산사태 앞에 주저앉아 손으로 흙더미를 파헤치며 울부짖었다. 온 몸이 흙 범벅이 된 부인은 아이의 이름을 부르며 울다 지쳐 까무러쳤다. 정신이 깨어나면 또 아이의 이름을 부르며 울부짖었다. 찬나는 그 옆에서 형의 어깨를 부여잡고 하염없이 눈물만 흘릴 뿐이었다.

싯다르타는 이들에게 어떤 위로의 말도 건네줄 수 없었다. 방금 전까지 머릿속에서 홍수로 피해를 입은 백성들을 도울 방법을 얼마나 궁리하고 또 궁리했던가? 다니야의 비극 앞에서는 태자로서의 그런 궁리가 아무런 소용도 없는 일이었다. 그저 한쪽 옆에서 조용히 눈물을 흘리다 돌아설 수밖에 없었다.

싯다르타는 생각했다.

'전륜성왕이 된다고 한들 다니야의 슬픔을 한 움큼이라도 덜어줄 수 있을까?'

싯다르타는 말과 수레를 길가에 버려두고 혼자서 터벅터벅 성으로 돌아왔다. 저녁 무렵이 다 되어서야 궁궐에 도착했다. 그런데 왕궁의 분위기가 떠날 때와는 사뭇 달랐다. 어떤 환희에 들떠 있는 것처럼 보였다.

싯다르타는 홍수로 인한 피해 상황을 알리기 위해 부왕의 집무실로 들어갔다. 싯다르타가 들어오는 것을 보자 슛도다나 왕이 얼굴 가득 웃음을 띠고 두 팔을 벌려 싯다르타를 맞았다.

"태자! 드디어 카필라 국의 국운이 번창할 모양이구나. 네가 마음을 잡고 국정을 돕는 것만 해도 기쁜 일인데, 태자비가 대를 이을 왕손을 가졌다는구나. 축하한다. 이제 태자도 몇 달 후에는 아버지가 되겠구나."

싯다르타는 숫도다나 왕의 이어지는 다음 말을 귓등으로 흘려들으며 멍하게 서 있었다. 마하파자파티 왕비와 왕족들, 귀족들이 하나둘씩 부왕의 집무실로 몰려와 싯다르타에게 축하의 인사를 건넸다. 싯다르타는 축하 인사에 건성으로 답례를 했다.

몽둥이로 머리를 한 대 얻어맞은 것처럼 아무런 생각도 할 수 없었다. 다니야의 집 마당에서 벌어진 풍경만이 환영처럼 머릿속을 빙빙 맴돌았다.

'산사태로 아무런 죄 없는 생명들이 덧없이 사라지는 것을 방금 전에 목격했지. 그런데 몇 시간 후, 아내의 뱃속에 아기가 생겼다는 소식을 듣게 되다니. 이 무슨 앞뒤가 맞지 않은 세상의 조화인가?'

야쇼다라는 아기를 가졌다는 소식 앞에서도 환하게 웃지 않는 싯다르타가 몹시 서운했다. 하지만 야쇼다라는 이미 그의 마음을 온전히 얻을 수 없다는 사실을 잘 알고 있었다. 야쇼다라는 싯다르타의 행동은 신경 쓰지 않고 뱃속의 아기에게만 온갖 정성을 기울였다.

드디어 길을 나서다

이듬해 봄, 야쇼다라는 드디어 건강한 사내 아기를 낳았다. 카필라 국에서는 싯다르타가 태어났을 때처럼 며칠 동안 떠들썩한 축제가 벌어졌다. 왕궁 안팎에서 춤과 노래로 흥을 돋우는 잔치가 벌어졌다. 가는 곳마다 맛있는 음식과 술이 넘쳐났다.

모든 백성들이 흥분에 들떠있을 때 정작 싯다르타는 야쇼다라와 아기가 누워 있는 궁궐의 뒤뜰을 조용히 거닐고 있었다. 싯다르타는 이곳저곳에서 벌어지는 잔치에 불려 다니고 싶지 않았다. 그래서 부왕과 주위 사람들에게 산모와 아기를 가까이에서 돌보고 싶다고 핑계를 대고 뒤뜰을 배회했다.

이레째 되는 날, 아기의 탄생을 축하하는 잔치가 절정을 이루었다. 카필라 국의 왕족과 귀족, 브라만 승려, 큰 부자, 나라 안팎의 축하객들이 모두 한 자리에 모였다. 숫도다나 왕이 직접 주재하는 축하잔치라 싯다르타도 빠질 수 없었다.

축하객들은 아기의 탄생을 축하하고 카필라 국의 미래가 점점 더 밝아질 것이라며 건배를 제의했다.

어떤 축하객은 싯다르타에게 바짝 다가와 앞으로 사캬 족이 온 세상을 다스리는 나라를 만들어 달라고 힘주어 말했다. 그는 카필라 국이 코살라 국 같은 강대국들에게 당한 수모를 반드시 갚아야 한다고 침을 튀겼다.

다른 축하객은 부왕으로부터 빨리 왕위를 물려받으라고 싯다르타를 부추겼다. 왕위를 어서 물려받아야 카필라 국이 빠른 시간 내에 강대국이 될 것이라며 더 이상 지체할 시간이 없다고 싯다르타를 다그쳤다.

싯다르타는 그들의 말에 아무런 관심도 기울이지 않았다. 술과 떠들썩한 잔치의 열기는 사람들이 마음속에 꽁꽁 숨겨두었던 욕망의 빗장을 스르르 풀게 만드는 모양이었다. 잔치가 끝나고 다음날 술이 깨면 사람들은 그런 위험한 발언을 한 사실조차 까맣게 잊어버릴 것이었다. 망각의 빈자리에는 불쾌한 두통과 왠지 모를 불안감만 엉킨 실타래처럼 남아 있을 것이었다.

밤늦은 시각이 되자 축하객의 일부는 술에 곯아떨어지고 일부는 숙소를 향해 비틀거리며 발걸음을 옮겨갔다. 싯다르타는 이제야 마음에도 없는 잔치자리에서 벗어날 수 있게 되어 마음이 홀가분해졌다. 문득 야쇼다라와 아기의 모습이 너무 보고 싶어졌다.

싯다르타는 연회장을 몰래 빠져나와 회랑을 조심조심 거닐었다. 회랑에는 무희들이 여기저기에 흩어져 잠에 곯아 떨어져 있었다. 어떤 무희들은 엎어져서 침을 흘리고 어떤 무희들은 화장이 뭉개져서 얼굴이 엉망진창이었다. 또 다른 무희들은 술을 얼마나 많이 마셨는지 여기저기 먹은 것을 토해내 역겨운 냄새가 코를 찔렀다.

그녀들의 모습은, 몇 시간 전까지 아름다운 옷차림을 하고 매력적인 춤을 추었던 무희들이라고는 상상할 수 없을 만큼 볼썽사나웠다. 저 모습은 무희들의 아름다운 육체 속에 숨어 있다가 술의 힘을 빌려 마침내 밖으로 나온 것이었다. 싯다르타는 그런 사실을 생각하자 씁쓸한 미소를 짓지 않을 수 없었다.

싯다르타는 야쇼다라와 아기가 누워 있는 태자궁의 방문을 살며시 열었다. 싯다르타가 침대 가까이 다가갔는데도 야쇼다라는 깊은 잠에 빠졌는지 깨어나지 않았다. 싯다르타는 야쇼다라를 물끄러미 바라봤다.

'내가 마음을 주지 않는 것을 잘 알면서도 한 번도 싫은 내색을 하지 않고 한

결같은 모습으로 나를 대해 주었던 야쇼다라. 미안하오. 미안하오. 정말 미안하오.'

설핏 눈가에 물기가 어리는 것 같았다. 벗겨진 이불을 당겨 야쇼다라의 어깨를 살며시 덮어 주었다.

싯다르타는 건너편에 누워 있는 아기에게 다가갔다.

'내가 이 세상에 남긴 유일한 핏줄. 넌 태어나자마자 아비 없는 자식이 되겠구나.'

아기는 이 세상에서 가장 평온한 얼굴로 작은 숨을 새근새근 내쉬며 깊은 잠에 빠져 있었다. 아기는 잠을 자면서도 무심한 아빠가 자신에게 관심을 가져준 것이 반가웠는지 싱긋 웃으며 배냇짓을 해 보였다.

싯다르타는 이제 오래 전부터 가슴 속에 품고 다녔던 바람을 행동에 옮겨야겠다고 생각했다. 더 이상 늦출 수가 없었다. 싯다르타는 야쇼다라와 아기의 얼굴을 한 번씩 더 본 다음 29년을 살았던 태자궁의 여기저기를 눈으로 어루만졌다.

'다시는 이곳으로 돌아올 수 없으리라. 모든 사람과 생명들이 나고 자라고 병들고 죽고, 먹고 먹히고 사랑하고 헤어지는 고통으로부터 벗어나는 길을 찾기 전에는.'

싯다르타는 곧바로 마부 찬나의 숙소로 향했다. 잠에서 깬 찬나는 눈도 제대로 뜨지 못하고 한밤중에 갑자기 찾아온 태자를 바라봤다.

"야심한 시각에 어쩐 일이신가요, 태자님?"

"말을 준비해 다오."

"이 밤중에 어디를 가시려고……."

"그냥 따라와 보면 안다."

찬나는 어떤 불길한 예감이 머릿속을 스쳐갔지만 싯다르타에게 더 이상 캐물

어볼 수 없었다.

찬나는 마구간에서 말을 끌고 나왔다. 싯다르타와 찬나는 조용히 말을 몰아 성문으로 향했다. 잔치 술을 먹고 곯아 떨어졌는지, 성문을 지키는 문지기들은 태자 일행이 다가가는 데도 깨어나지 못했다. 찬나가 소리 나지 않게 성문을 열었다.

성문 밖을 나오자 길과 숲이 구분되지 않을 만큼 어둠이 짙게 깔려 있었다. 한참 동안 말이 이끄는 대로 따라가니 어둠에 눈이 익었다. 하나 둘 나무와 길과 바위의 윤곽이 드러났다. 숲을 빠져나와 들판을 걷기 시작했다. 그때서야 달빛이 싯다르타 일행을 맞이했다. 찬나는 참고 참았던 물음을 싯다르타에게 꺼냈다.

"태자님, 혹시 지금 출가(깨달음을 얻기 위해 집을 떠나는 것)를 하시려는 건 아니시겠죠?"

싯다르타는 부드러운 눈빛으로 찬나를 바라보며 대답했다.

"그래. 나는 출가해서 사문이 되기로 결심했단다."

그 말이 끝나기가 무섭게 찬나는 땅바닥에 무릎을 꿇고 엎드려 싯다르타에게 애원했다.

"태자님, 이러시면 안 됩니다. 왕위는 누가 잇습니까? 야쇼다라 태자비님과 아기씨는 어떻게 하고 나이 드신 부왕과 모후는 또 누구를 의지해 살아가라고 이렇게 카필라 국을 버리십니까?"

찬나의 얼굴은 어느새 굵은 눈물로 얼룩져 달빛에 번들거렸다. 싯다르타는 말에서 내려 찬나의 몸을 일으켰다. 그리고 찬나의 굳은살이 잔뜩 박인 손을 맞잡고 말했다.

"찬나, 너의 형 다니야의 집에 산사태가 났을 때를 기억하느냐?"

찬나는 싯다르타가 뜬금없이 다니야의 이야기를 꺼내는 이유를 짐작할 수 없었다. 찬나는 아직 물기가 마르지 않은 두 눈을 슴벅대며 싯다르타의 다음 얘기를 기다렸다.

"아무리 성실하고 선하게 산 사람에게도 불행과 죽음과 이별은 피할 수 없는 것이야. 설사 내가 온 세상을 정의와 지혜로 다스리는 전륜성왕이 된다고 하더라도 네 형이 겪었던 불행과 죽음과 이별을 피하게 만들 수는 없었을 거야."

찬나는 싯다르타의 말에 알 듯 모를 듯한 표정을 지으며 눈물을 훔쳤다. 싯다르타는 말을 이어갔다.

"왕궁에 남아 왕위를 이어 받는다면 부모님과 아내, 아들, 카필라 국의 백성들에게 작은 위로와 행복을 안겨줄 수는 있겠지. 그러나 사람이나 살아 있는 것이라면 누구나 겪을 수밖에 없는 고통을 해결해 주지는 못할 것이야. 열두 살 무렵 밭갈이 행사에 다녀온 후부터 나를 온통 사로잡은 것은 바로 이 문제였단다. 그리고 성문 밖에서 사문을 만났을 때 나는 비로소 내가 평생 동안 해야 할 일이 무엇인지 깨닫고 결심하게 되었단다."

싯다르타는 몸에 있는 장신구를 모두 떼어 찬나에게 건네주며 말했다.

"이 문제를 풀어내지 않고는 나는 살아도 사는 것이 아니란다. 이 문제를 푸는 것은 나 자신을 위한 것이기도 하지만 모든 사람을 위한 것이기도 하지. 나는 전륜성왕이 되는 것보다 이것이 더 값지다고 생각한단다. 부모님이나 야쇼다라도 지금 당장은 이별의 슬픔 때문에 괴로울 거야. 하지만 먼 미래를 생각하면 아주 잘 된 일이라는 걸 알게 될 거야. 자, 네가 왕궁으로 돌아가서 내 가족들에게 내 뜻을 잘 전달해 주길 바란다."

장신구를 받아든 찬나는 다시 눈물을 흘렸다. 하지만 더 이상 싯다르타를 붙잡지는 않았다. 말도 그동안 아껴주던 주인이 자신의 곁을 떠나는 것을 아는지, 모가지를 땅에 숙이고 숨소리를 죽인 채 잠자코 서 있었다. 찬나는 떠나려는 싯다르타에게 말했다.

"태자님, 헌데 아직 아기씨의 이름이 없습니다. 출가를 하시더라도 아기씨의 이름은 직접 지어주셔야 하지 않을까요?"

싯다르타는 괴로운 표정으로 말했다.

"사실 다니야의 집에 다녀온 뒤 곧바로 출가를 하려고 마음을 굳게 먹었단다. 하지만 아기가 생겼다는 소식 때문에 그 계획을 미룰 수밖에 없었지. 그동안 아기가 걸림돌이 되어 내 출가의 길을 붙잡았구나. 그런 뜻에서 아기의 이름을 라훌라(걸림돌, 장애물)라고 불러다오."

싯다르타는 찬나를 길 위에 두고 성큼성큼 숲을 향해 걸어갔다. 찬나는 싯다르타가 더 이상 보이지 않을 때까지 길 위에 서서 뒷모습을 바라봤다.

머리카락을 자르고 사문이 되다

쉬지 않고 밤길을 걸은 싯다르타는 어느새 아노마 강가에 이르렀다. 아노마 강은 인도에서 가장 큰 갠지스 강('성스러운 강'이라는 뜻으로 히말라야 산맥에서 발원해 인도의 북동부를 가로질러 인도양으로 흘러든다)의 상류로서 카필라 국의 남쪽 땅을 적시며 흐르고 있었다.

싯다르타는 찬나와 헤어진 뒤 북쪽을 다시 한 번 말없이 뒤돌아보았다. 찬나를 통해 출가 소식을 듣게 될 카필라 성의 모습이 떠올랐다. 자식을 잃은 부왕 숫도다나와 새어머니 마하파자파티, 남편을 잃은 야쇼다라, 아버지를 잃은 라훌라. 그들의 얼굴이 먹장구름처럼 모였다 흩어졌다.

싯다르타가 잠시 서 있는 동안 동쪽 하늘부터 어둠이 슬금슬금 묽어지면서 낯선 풍경들이 하나 둘 눈에 들어오기 시작했다. 이제껏 보지 못했던 풍경이었다. 조금 더 있자 비릿한 강물 냄새도 진하게 코끝을 찔렀다.

어둠이 서서히 걷히자 싯다르타는 자신이 이제 완벽하게 혼자가 되었다는 사실을 깨달을 수 있었다. 지나가는 짐승과 새들도 싯다르타에게 별다른 관심을 보이지 않았다. 강물 위를 부드럽게 미끄럼 타듯 스쳐온 바람만이 싯다르타에게 아는 척을 하는 것 같았다.

싯다르타는 허리춤에서 칼을 꺼내 긴 머리카락을 싹둑 잘랐다. 머릿속을 어지럽히는 먹장구름들이 머리카락과 함께 사라지길 바라면서 머리카락을 물 위에 던져버렸다. 수천 개의 가닥으로 뿌려진 머리카락은 물 위에 잠시 떠 있는가 싶더니

이내 물속으로 가라앉아 가뭇없이 사라졌다.

싯다르타는 두 손으로 강물을 떠 찬물에 세수를 하기 시작했다. 세수를 하고 나자 한결 기분이 가벼워졌다. 그때 숲 위로 붉은 태양이 솟아나기 시작했다. 강렬한 햇빛이 숲과 강과 싯다르타를 향해 쏘아대듯 비추었다. 싯다르타는 햇빛이 보내는 강력한 기운이 자신의 몸속으로 빨려 들어가는 것 같은 느낌을 받았다. 힘이 솟았다.

싯다르타는 아노마 강을 건너기 시작했다. 걷기에 접은 든 강물은 가장 깊은 곳도 허리춤이 겨우 잠길 정도로 깊지 않았다. 봄이 시작되는 3월 초순이라 뼛속까지 시릴 만큼 물이 차가웠다. 그러나 싯다르타는 햇빛이 몸속에 넣어준 뜨거운 기운으로 그 추위를 버텨냈다.

싯다르타는 말라 족이 다스리는 나라로 들어갔다. 가는 도중에 한 남자를 만났다. 그는 사냥꾼이었다. 싯다르타는 그에게 서로 옷을 바꿔 입자고 제안했다. 사냥꾼은 '이게 웬 횡재냐?'는 표정으로 얼른 자신의 옷을 벗어놓고 싯다르타의 옷을 낚아채듯 가져갔다.

이제 누가 싯다르타를, 저 카필라 성에서 온갖 호화로운 생활을 누리고 주변의 칭찬과 부러움을 한 몸에 받던 태자로 여길까? 싯다르타는 태자의 옷을 모두 벗어버리고 거지와 다름없는 모습을 한 사문의 길로 들어선 것이다. 이제 아무도 싯다르타의 용모에서 과거의 태자 시절을 떠올릴 사람은 없을 것이다.

싯다르타는 한참을 더 걸어 도회지인 아누피야(말라 족의 마을) 변두리 망고나무 숲에 도착했다. 한 나무 아래 조용히 앉았다. 본격적인 수행에 들어가기 시작했다.

먼저 십여 년 전 카필라 성 북쪽 성문 밖에서 만났던 사문의 모습을 떠올렸다. 옷차림은 누추하고 몸은 비쩍 말랐지만 눈빛만은 맑고 빛나던 사람. 고통을 넘어서는 진리를 찾기 위해 세상의 편안함과 즐거움을 모두 버린 사람.

싯다르타는 그 사문을 만났을 때 들었던 명상법을 떠올렸다. 숨을 천천히 들이쉬었다 내쉬고 마음을 한 군데 모으려고 애썼다. 더러운 거울을 깨끗이 닦아내듯 마음에 낀 번잡한 생각들을 걷어내고 마음을 맑은 거울처럼 만들려고 했다.

처음엔 마음의 집중이 잘 이루어졌다. 이렇게 마음을 모으다 보면 멀지 않은 미래에 고통을 넘어서는 진리를 깨달을지도 모른다는 희망이 용솟음쳤다.

그런데 엿새가 지나자 배도 너무 고프고 온 몸이 저리고 아팠다. 한밤중에는 추위와 함께 외로움마저 찾아들기 시작했다. 이레째 되는 날이었다. 낮엔 뜨거운 햇빛이 쏟아지더니 저녁 무렵부터 차가운 비가 내리기 시작했다. 싯다르타는 뜨거운 햇빛과 차가운 비를 오직 나무 아래에서 맨몸으로 견뎌야 했다.

29년 동안 왕궁에서 최상의 옷을 입고 최상의 음식을 먹었으며 최상의 잠자리에 누웠던 몸이었다. 며칠 사이에 적응하기에는 너무도 거칠고 척박한 환경이었다.

싯다르타는 자신도 모르게 머릿속으로 카필라 성의 모습을 떠올렸다.

침대에 얼굴을 파묻고 엉엉 울고 있는 야쇼다라가 보였다. 그 옆에 아무 것도 모르는 갓난아기 라훌라가 누워서 손가락을 빨고 있었다. 숫도다나 왕은 절망에 빠져 깊은 한숨을 내쉬고 있었다. 그 옆에서 마하파자파티 왕비가 숫도다나 왕을 위로하고 있었다. 카필라 성의 모든 사람들이 마치 자신들의 아들을 잃어버린 것처럼 슬픔에 잠겨 있었다.

싯다르타는 이를 악물고 자리에서 벌떡 일어났다.

'꿈을 이루기 위해 모든 것을 두고 왔는데 가족을 그리워하는 마음까지 완전하게 두고 오진 못했구나. 이렇게 마음이 흔들린다면 고통을 넘어서는 진리를 절대 찾아낼 수 없어. 이 기억으로부터 벗어나야 해.'

굵은 빗줄기가 쏟아지기 시작했다. 싯다르타는 나무 아래를 벗어나 온 몸으로 차가운 빗줄기를 맞았다. 몸이 빗물에 흥건히 젖자 춥고 잔뜩 웅크렸던 몸과 마음이 오히려 훈훈하게 덥혀지는 것 같았다. 싯다르타는 가슴을 활짝 펴고 빗속에서 흔들리는 자신의 마음을 피하지 않고 바라봤다.

싯다르타는 처음부터 혼자서 진리를 찾는 것은 아무래도 성급했다는 판단이 들었다. 목적지가 어디인지도 모르고 무작정 밀림 속을 헤매다 길을 잃은 처지가 된 것이다. 싯다르타는 이미 오랜 수행을 통해 진리에 가까이 다가선 사문들에게 길을 묻는 것이 필요하다고 생각했다.

싯다르타는 망고나무 숲에서 마을로 내려왔다. 한 외딴 집을 찾아가 남은 밥을 조금 얻어먹을 수 없겠느냐고 부탁했다. 다행히 외딴 집의 주인은 싯다르타를 따뜻하게 맞아주었다. 주인은 식은 밥이지만 몇 가지 반찬과 함께 정성껏 상을 차려 싯다르타를 대접했다.

왕궁을 떠난 뒤 여드레 만에 먹어보는 밥이었다. 왕궁에서 먹던 음식과는 비교할 수 없을 정도로 거칠고 단출한 밥상이었다. 하지만 이 밥상은 이제껏 싯다르타가 왕궁에서 먹어 본 어떤 음식과도 비교할 수 없을 정도로 맛이 있었다. 싯다르타는 똑같은 대상도 사람이 닥친 처지나 입장에 따라 이렇게 다르게 느낄 수 있다는 사실을 새삼 깨달았다.

밥을 먹고 나니 새로운 기운과 의욕이 샘물처럼 솟는 듯했다. 싯다르타는 외딴 집 주인에게 감사의 인사를 올렸다. 그리고 주변에 가르침을 받을 만한 사문을 알고 있는지 물어봤다. 외딴 집 주인은 밧지 국에 사는 밧가바라는 사람을 찾아가 보라고 말했다.

강을 건넜으면 뗏목을 두고 가라

밧지는 갠지스 강 북쪽에 있었던 연맹국가로서 싯다르타의 외갓집이자 처갓집인 콜리야 국이 속해 있는 나라였다. 밧가바(당시 인도의 수행 체계를 알려준 수행자)는 어느 도시의 변두리에서 그의 제자들과 함께 머물고 있었다.

싯다르타가 밧가바가 사는 숲에 도착하자 깜짝 놀랄 만한 풍경이 눈앞에 펼쳐졌다. 어떤 사람은 가시덤불에 누워 피를 흘리고 다른 사람은 불로 자기 몸의 일부를 태우고 있었다. 물속에 들어가 숨을 쉬지 않는 사람, 하루 종일 발가벗은 채 물구나무서기를 하는 사람……

밧가바와 그의 제자들은 도저히 사람이 견딜 수 없는 고통 속에 몸을 맡기고 있었다. 싯다르타는 한참을 먼발치에서 지켜보고 난 뒤에야 밧가바에게 인사를 올리며 말을 붙여볼 수 있었다.

"왜 이렇게 참기 힘든 고통에 몸을 던지십니까?"

"그래야 천국에 태어날 수 있기 때문이지요. 몸은 덧없는 것이에요. 이 몸을 괴롭히고 끝내는 없애버려야 천국에 태어나 즐거움을 누릴 수 있지요."

"천국의 삶이 다 하면 또 고통스러운 삶이 이어질 텐데 그때는 어떻게 합니까? 설사 그렇게 해서 천국에 태어난다고 해도 다른 사람들이 받고 있는 고통은 어떻게 합니까?"

"… …."

밧가바는 싯다르타의 당돌한 질문에 대답을 하지 못했다.

싯다르타는 그들의 극단적인 고행(몸으로 견디기 어려운 고통을 참아내는 수행)을 본 순간부터 실망감이 밀려 왔다. 싯다르타는 밧가바와 몇 마디 이야기를 더 나눈 후 이곳은 자신이 머물 곳이 아니라는 생각이 들어 미련 없이 길을 떠났다.

싯다르타는 다시 밧지 국의 수도에 사는 알라라 칼라마를 찾아갔다. 알라라 칼라마는 하루 종일 잠도 자지 않고 깊은 명상에 잠기는 수행을 하고 있었다. 싯다르타는 그런 수행 방법에 큰 믿음이 갔다. 싯다르타는 알라라 칼라마의 제자가 되기로 했다.

싯다르타는 알라라 칼라마의 그 어떤 제자들보다 더 열심히 수행을 했다. 처음엔 감정과 생각에 의해 마음이 흔들리지 않는 수행을 했다. 마침내 싯다르타는 마음이 흔들리지 않는 것을 넘어서 아무런 움직임도 없는 경지에 다다랐다. 어떤 것을 갖고 싶거나 집착하는 마음이 전혀 들지 않는 선정(한 가지에 집중하여 흐트러짐이 없는 마음)의 상태였다.

알라라 칼라마는 놀라운 속도로 자신과 같은 경지에 도달한 싯다르타에게 교단(같은 목표와 방법으로 수행하는 수행자 집단)을 함께 이끌자고 제안했다. 하지만 싯다르타는 다시 길을 떠나겠다고 말했다.

알라라 칼라마의 수행방법은 선정에 들었을 때에는 집착을 벗어난 마음의 평화 상태에 머물 수 있었다. 하지만 선정에서 벗어났을 때에는 평상시와 다름없는 상태로 다시 되돌아왔다. 이것으로는 나고 늙고 병들고 죽는 고통으로부터 벗어날 수는 없다고 생각했다.

싯다르타는 '사문들의 도시'로 알려진 마가다 국 라자가하(왕사성)로 가기로 했다. 거기서 여러 사문들을 만나 다양한 수행 방법을 배울 생각이었다. 라자가하로 가기 위해서는 갠지스 강을 건너야 했다.

갠지스 강을 얼마 남겨두지 않은 어느 숲에서 싯다르타는 귀족과 관리 복장을 하고 말을 탄 한 무리의 사람들이 자신에게 다가오는 것을 보았다. 숫도다나 왕이 보낸 우다인과 대신들이었다. 우다인은 반가움을 감추지 못하고 싯다르타의 손을 먼저 덥석 움켜잡았다.

"무심한 친구, 나한테 한마디 말도 하지 않고 먼 길을 훌쩍 떠날 수 있는가?"

싯다르타는 우다인의 손아귀에서 손을 빼며 말했다.

"모든 것을 버리고 떠나왔네. 우정을 지키지 못한 것은 미안하지만, 나는 갈 길이 바쁜 사람이네."

우다인은 웃음기 하나 없이 대답하는 싯다르타가 갑자기 낯선 사람처럼 느껴졌다. 불과 몇 달 만에 이렇게 사람이 바뀔 수 있는 것인가? 우다인은 어색한 표정으로 싯다르타를 바라보며 말했다.

"생사의 고통을 벗어나기 위해 출가를 한 것은 잘 알고 있네. 하지만 그것은 왕궁에 살면서도 가능한 일이 아닌가? 이렇게 꼭 자네를 사랑하는 사람들을 모두 버려야만 진리를 얻을 수 있다는 말인가?"

싯다르타는 낮고 메마른 목소리로 우다인의 물음에 답했다.

"아마도 내가 이미 진리를 깨닫고 그것을 온전히 삶 속에 녹여낸 사람이라면 머무는 곳이 어디든 상관없을 것이네. 그러나 나는 이제 겨우 뜻을 세우고 그 뜻에 따라 길을 나서기 시작한 풋내기 사문일 뿐이라네. 왕궁으로 돌아간다면 태자라는 나의 신분이 진리를 찾는 것을 방해할 것이야. 또 사랑하는 가족의 말과 눈빛이 나를 꽁꽁 묶어버릴 것이네."

"이보게. 지금 부왕과 모후, 그리고 태자비의 슬픔은 옆에서 차마 지켜볼 수 없을 만큼 처절하고 안타깝네. 진리를 찾아야겠다는 자네의 뜻만 확고하다면 왕궁이 됐든, 숲이 됐든 무슨 상관이란 말인가?"

"가족들의 마음이 어떨지 설명하지 않아도 잘 알고 있네. 하지만 나에겐 포기할 수 없는 꿈이 있네. 나는 이 세상 모든 사람들과 살아 있는 모든 존재들이 고통에서 벗어나길 바라네. 그들이 자유롭고 행복해질 수 있는 길을 반드시 찾아낼 것이야. 그때 다시 만나러 가겠네. 자네도 그때까지 잘 지내게."

싯다르타는 말을 마치자 우다인 일행을 거들떠보지도 않고 갠지스 강을 향해 걸음을 옮겨갔다. 우다인 일행은 너무도 확고한 싯다르타의 태도 앞에서 더 이상의 설득이 통하지 않는다는 사실을 깨달았다. 그저 무소의 뿔처럼 혼자서 가는 싯다르타를 망연히 바라볼 수밖에 없었다.

갠지스 강은 워낙 크고 넓은 강이라 탈 것을 이용하지 않으면 건널 수 없었다. 싯다르타는 한나절을 기다린 끝에 뗏목을 부리는 사공을 만났다. 뗏목을 타고 가면서 싯다르타는 생각했다.

'강의 이쪽 언덕에서 저쪽 언덕으로 건너가듯 반드시 고통의 세계에서 진리의 세계, 깨달음의 세계로 건너가리라.'

뗏목이 강을 다 건너자 싯다르타는 사공에게 감사의 뜻을 전하고 뗏목에서 내렸다. 뗏목은 다른 사람들을 태우고 다시 강의 건너편을 향해 미끄러져 갔다. 점점 멀어지는 뗏목을 바라보며 싯다르타는 생각했다.

'뗏목이 고맙고 소중하기는 하지만 강을 건넜으면 뗏목을 두고 갈 수밖에 없지. 뗏목이 고맙다고 등짝에 지고 간다면 그보다 더 어리석은 일은 없겠지. 너무 힘이 들어 몇 발짝 가지 못하고 쓰러지고 말 거야. 밧가바, 알라라 칼라마의 가르침이 고맙기는 하지만 그것은 뗏목일 뿐이야. 더 높은 진리의 세계에 이르기 위해서는 뗏목에 미련을 두지 말아야지.'

싯다르타는 라자가하에 도착했다. 라자가하는 새롭게 발전하는 도시로 많은 사문들이 갖가지 수행을 실천하고 다양한 주장들을 펴는 곳이었다. 싯다르타는 라자가하를 둘러싼 큰 산의 동굴에 머물면서 하루에 한 번씩 시내로 탁발(음식을 빌어먹는 것. 당시 사문들은 하루에 한 번 오전에 음식을 빌어먹었다)을 하러 나갔다.

그런데 며칠이 지나자 싯다르타에 대한 소문이 라자가하 시내에 퍼지기 시작했다. 그가 한때 카필라 국의 태자였으며 브라만 승려와 선인들은 그가 태어났을 때 전륜성왕이나 가장 높은 깨달음을 얻는 붓다가 될 것으로 예언했다는 사실, 빠른 시간 내에 알라라 칼라마의 깨달음에 도달했다는 사실까지 파다하게 알려졌다.

당시 마가다 국은 싯다르타보다 다섯 살 어린 젊은 왕 빔비사라가 다스리고 있었다. 빔비사라 왕은 싯다르타에 대한 소문을 보고받고 아주 큰 관심을 갖게 되었다.

빔비사라 왕은 싯다르타를 만나기 위해 수레를 타고 직접 동굴까지 찾아왔다. 빔비사라 왕은 동굴 속에서 명상에 잠겨 있는 싯다르타를 보자 직감적으로 세상을 바꿀 비범한 인물이라는 사실을 알아챘다.

빔비사라 왕은 싯다르타를 반드시 자신의 사람으로 만들어야겠다고 생각했다. 그는 싯다르타에게 자신을 소개한 다음 담대한 제안을 했다.

"싯다르타 태자여, 당신을 본 순간 당신은 인도, 아니 이 세상 전체를 다스릴 만한 사람이라는 사실을 한눈에 알아봤습니다. 마가다 국 영토의 절반을 드리겠습니다. 아니, 마가다 국 전체를 드릴 수도 있습니다. 그것마저 부족하다면 다른 나라의 영토를 빼앗아서라도 드리겠습니다. 나와 함께 마가다 국을 같이 다스리지 않겠습니까?"

싯다르타는 빔비사라 왕의 호의를 정중하게 사절하며 말했다.

"대왕님, 나는 모든 것을 버리고 사문이 된 사람입니다. 고통에서 벗어나는 진리를 찾는 길 외에 어떤 것도 내게는 중요한 일이 아닙니다. 제의는 감사하지만 결코 받아들일 수 없습니다. 부디 어질고 좋은 정치를 펴 백성들을 행복하게 만들어 주시길 부탁드립니다."

빔비사라 왕은 싯다르타의 굳건한 의지를 확인하고 아쉽지만 자신의 제안을 거두어 들였다. 그리고 싯다르타가 진리의 깨달음을 얻게 되면 꼭 자신을 먼저 찾아줄 것을 간청했다.

싯다르타는 웃다카 라마풋타라는 스승을 찾아갔다. 그는 칠백 명의 제자를 거느린, 라자가하에서 가장 존경받는 수행자였다.

싯다르타는 웃다카 라마풋타가 깨달은 경지를 물었다. 그는 생각이 있는 것도 아니고 없는 것도 아닌 오묘한 경지에 도달해 마침내 깨달음의 끝에 도달했다고 말했다. 싯다르타는 열심히 스승의 가르침을 따라 수행을 해 나갔다. 어느 날 스승이 도달한 경지에 도달할 수 있었다.

그러나 싯다르타는 한 가지 의문이 들었다. 스승에게 물었다.

"생각이 있는 것도 아니고 없는 것도 아니라고 했는데 그것을 누가 깨닫는 것입니까? 깨닫는 '나'가 있는 것입니까, 없는 것입니까? '나'가 없다면 그런 경지에 도달한 사실을 어떻게 파악할 수 있겠습니까? 반대로 '나'가 있다면 생각의 있고 없음을 구분하고 따지는 것인데, 과연 그것을 깨달음의 끝에 다다른 것이라고 할 수 있겠습니까?"

싯다르타는 스승의 모순을 예리하게 지적했다. 웃다카 라마풋타는 제자의 날카로운 통찰 앞에 할 말을 잃고 말았다. 웃다카 라마풋타는 싯다르타에게 교단을 함께 이끌자고 제안했다. 하지만 싯다르타는 뗏목을 지고 가는 사람이 아니었다. 싯다르타는 뗏목을 두고 깨달음의 끝을 향해 다시 길을 떠났다.

혹독한 고통 속으로 몸을 던지다

싯다르타는 남쪽을 향해 길을 걸었다. 며칠 후 네란자라 강가에 도착했다. 네란자라 강가에는 깨달음을 얻으려는 수행자들이 모여 살고 있는 우루벨라의 한 마을이 있었다.

싯다르타는 숲의 한적한 곳에 자리를 잡고 앉았다. 네란자라 강을 굽어볼 수 있는 언덕진 곳이었다. 비가 거의 내리지 않은 건기라서 그런지 강물의 양은 많아 보이지 않았다. 그러나 물소리만큼은 아주 또랑또랑하게 들렸다.

싯다르타는 넋을 놓고 강물을 바라보았다. 그리고 문득 자신이 다시 혼자가 되었다는 사실을 절감했다. 왕궁을 떠나 아노마 강가에서 처음 새벽을 맞았을 때처럼.

그때는 혼자서 깨달음을 찾는 것은 무리라고 생각해 결국 스승을 찾아 나섰다. 밧가바, 알라라 칼라마, 웃다카 라마풋타. 인도의 내로라하는 스승들을 만나 그들의 가르침을 받았다. 그러나 그들의 가르침은 얼마 지나지 않아 바닥이 드러났다. 싯다르타는 그런 가르침에 만족할 수 없었다.

싯다르타가 추구한 것은 더 이상 깨달을 것이 없는 최상의 깨달음이었다. 그런데 어떻게 해야 최상의 깨달음을 얻을 수 있는지 이젠 물어볼 사람도 없다. 오직 혼자서 길을 찾지 않으면 안 되는 처지가 되고 말았다.

싯다르타가 이런 저런 생각을 하는데 어느새 주위에 어둠이 깔리기 시작했다. 쌀쌀한 바람까지 불어 몸에 오싹 한기가 느껴졌다. 싯다르타는 강가로 나가 바닥을 살피기 시작했다. 강변에 버려진 나뭇가지들이 더러 눈에 띠었다. 싯다르타는 나뭇가지들을 한 아름 될 정도로 주워 아까 앉았던 자리로 돌아왔다.

잘 마른 풀에 부싯돌을 쳐댔다. 부싯깃에 작고 붉은 점이 생기는가 싶더니 이내 불이 피어올랐다. 싯다르타는 불붙은 마른 풀을 나뭇가지를 쌓은 더미 밑으로 밀어 넣었다. 헌데 마른 풀만 타버릴 뿐 나뭇가지에는 불이 붙지 않았다. 꾸역꾸역 연기만 피어올랐다. 마른 풀을 넉넉하게 밀어 넣고 다시 불을 댕겨도 마찬가지였다.

싯다르타는 나뭇가지를 만져 보았다. 강가에서 주웠을 때엔 바짝 마른 것으로 알았다. 그러나 가지를 부러뜨려 나무의 속살을 만져보니 물기가 느껴졌다. 오랫동안 강물에 잠겨 있어서 속이 충분히 마르지 않은 상태였다. 젖은 나뭇가지에 불을 붙이려고 했으니, 연기만 피어오른 것은 당연한 일이었다.

싯다르타는 낭패스러운 표정을 지으며 나뭇가지들을 바라봤다. 오늘 밤은 할 수 없이 추운 대로 그냥 지낼 수밖에 없게 되었다. 싯다르타는 마른 풀이라도 태우려고 부싯돌을 그어댔다.

그때 싯다르타는 캄캄한 머릿속에서 부싯돌이 번쩍 켜지는 것 같은 느낌을 받았다. 섬광은 짧게 빛나다 사라졌지만 잔상이 길게 남아 머릿속에 긴 꼬리를 가진 빛의 띠가 만들어졌다. 그러다 갑자기 머릿속이 환하게 밝아졌다. 싯다르타는 무릎을 치고 벌떡 일어났다.

'맞다. 그거다. 지금까지 나의 수행은 젖은 나무에 불을 붙이려고 했던 것과 다름없다. 아무리 센 불을 갖다 대어도 젖은 나무에는 불이 붙지 않는다. 불을 붙이려고 하기 전에 나무부터 바짝 말려야 한다. 나무가 바짝 마르면 불은 갖다 대기만 해도 저절로 붙을 것이다.

나는 아직도 욕망의 강물에 젖어 떠다니는 나뭇가지다. 몸은 욕망의 강으로부터 벗어났는지 모르지만 마음은 아직도 욕망의 강을 떠내려가고 있다. 마음까지도 욕망의 강에서 벗어나 마른 나뭇가지가 되려면 혹독한 고행이 가장 좋은 방법이다.

예전에 밧가바를 만났을 때 오직 천상에서 태어나기 위해 고행을 하는 모습을 보고 부정적인 생각을 가졌던 것이 사실이다. 그러나 밧가바의 고행과 지금 내가 하려는 고행은 전혀 다른 것이다. 나는 천상에 태어나기 위한 것이 아니다. 나는 깨달음의 불을 환하게 피워 나와 모든 사람들이 어둠과 추위에서 벗어날 수 있게 하기 위한 것이다.'

싯다르타는 그동안 보고 겪은 여러 수행자들의 고행 방법을 떠올리며 하나씩 따라했다. 깨닫지 못할 바에는 아예 죽는 것이 더 낫겠다고 결심하고 고행을 시작했다.

먼저 먹는 것을 극도로 줄였다. 풀씨나 쌀 한 톨로 하루를 지내거나 아예 물만 마시고 하루 종일 굶을 때도 있었다. 숨을 멈추는 연습도 시도했다. 혀로 목구멍을 막고 숨을 쉬지 않자 가슴이 터질 것 같은 고통이 밀려왔다. 시간이 더 흘러가자 머릿속에서 폭발이 일어날 것 같은 통증이 찾아왔다. 사람이 견딜 수 있는 한계를 넘어설 만큼 숨을 참아내자 온 몸이 칼에 베여 찢겨나가는 것 같았다.

그러나 싯다르타는 정신만 차리면 결코 죽지 않는다는 일념으로 그 참혹한 고통을 견뎌냈다.

웃다카 라마풋타 밑에서 수행하던 콘단냐, 앗사지 등 다섯 사문이 싯다르타를 뒤따라 왔다. 인간의 능력을 뛰어넘어 고행을 실천하는 싯다르타에게 배우기 위해서였다.

싯다르타의 고행은 시간이 갈수록 강도를 높여 갔다. 그렇게 몇 해가 지나갔다. 이제 싯다르타의 몸은 사람의 몰골이 아니었다. 온 몸의 뼈와 핏줄이 살갗에 다 드러날 만큼 처참하게 말랐다.

눈자위는 달걀이 들어갈 만큼 움푹 꺼졌고 광대뼈와 코뼈가 날카로운 칼날처럼 솟았다. 갈비뼈는 가닥가닥 뼈가 보일 만큼 살 거죽에 달라붙었고 배에는 살점이라곤 찾아볼 수 없었다. 배를 만지면 등뼈가 잡힐 정도였다. 치골은 갈비뼈의 아랫부분처럼 화살 모양이 그대로 드러났다. 엉덩이는 낙타의 발처럼 쪼그라들었고 두 팔과 다리는 얇은 대나무 같았다.

싯다르타는 서고 걷는 것조차 마음대로 할 수 없을 만큼 쇠약해졌다. 먹은 것이 없어 어쩌다 대소변을 볼 때면 너무도 고통스러웠다. 서른 살 중반의 청년이 아흔 살이 넘은 노인보다도 더 늙어보였다.

카필라 국에서 가장 빛나던 용모를 가졌던 싯다르타의 자취는 어디에서도 찾아볼 수 없었다. 사람인지 시체인지 구분할 수조차 없었다. 짓궂은 목동이나 나무꾼 아이들이 싯다르타에게 침을 뱉고 더러운 똥을 던지고 심지어 오줌을 싸기도 했다. 나뭇가지로 몸을 찌르기도 하고 흙을 뿌리기도 했다.

싯다르타는 죽음의 문턱을 넘을 뻔한 위기도 여러 차례 겪었다. 그러나 고행을 멈추지 않았다. 콘단냐 등 다섯 사문은 지금까지 누구도 싯다르타처럼 극심한 고행을 하는 것을 본 적이 없었다. 싯다르타에게 저절로 존경의 마음이 들 수밖에 없었다.

싯다르타의 참혹한 고행은 우루벨라 숲 전체를 넘어 카필라 국의 숫도다나 왕에게까지 전해졌다. 숫도다나 왕은 이러다가 아들의 목숨마저 잃을지 모른다는 걱정이 들었다. 찬나를 시켜 싯다르타에게 먹을 것과 입을 것을 보냈다.

찬나는 싯다르타의 몰골을 보자 눈물이 왈칵 쏟아졌다. 찬나는 겨우 마음을 진정시키고 싯다르타에게 숫도다나 왕의 애타는 마음을 전하며 부디 몸을 챙길 것을 애원했다. 그러나 싯다르타는 찬나가 갖고 온 음식과 옷을 끝내 거들떠보지도 않고 고행을 이어나갔다.

고행을 멈추고 수자타의 우유죽을 먹다

싯다르타가 고행의 길에 들어선 지도 어느새 다섯 해가 흘러갔다. 싯다르타는 고행을 통해 사람의 한계를 체험했다. 몸은 어느 정도의 고통과 굶주림까지 견딜 수 있는 것인지, 마음은 얼마나 큰 외로움과 불안을 견뎌낼 수 있는 것인지….

몸과 마음의 한계를 체험하자 싯다르타를 괴롭혔던 고통과 번뇌의 원인이 보이기 시작했다. 맛있는 음식, 편안하고 멋진 옷, 안락한 잠자리, 사랑하는 가족, 재물과 권력, 건강하고 아름다운 몸, 미래에 대한 확신, 주변 사람들의 평가, 무엇보다 나 자신에 대한 자부심과 집착.

'이런 것들에 대한 욕망과 집착이 크면 클수록 이것들을 잃어버리지 않을까 하는 두려움과 불안도 커진다. 이런 것들에 대한 욕망이 크면 클수록 지금 이것들을 갖거나 누리지 못하고 있는 현실이 고통스럽다. 고통과 번뇌와 불안의 원인은 이런 것들에 대한 욕망과 집착이다.'

싯다르타의 생각이 여기까지 미치자, '그 다음은 무엇일까? 이것을 넘어서는 깨달음은 어떻게 발견할 수 있는 것일까?' 하는 물음이 자연스럽게 뒤따라왔다.

어느 날이었다. 싯다르타가 머무는 숲 근처에 악사 일행이 지나가다 쉬고 있었다. 싯다르타는 우연히 악사들이 나누는 이야기를 듣게 되었다. 스승으로 보이는 나이가 든 악사가 젊은 악사에게 말했다.

"우루벨라에 도착하면 곧바로 공연을 해야 하니 지금 악기의 줄을 잘 맞춰 놓

아라.”

“어떻게 해야 악기의 줄을 잘 맞출 수 있습니까? 저는 잘 모르겠습니다.”

젊은 악사가 악기를 들고 어쩔 줄을 몰라 하자 나이 든 악사가 말했다.

“악기 줄을 너무 조이면 어떻게 되겠나?”

“자칫하면 끊어집니다.”

“그러면 반대로 줄을 너무 풀면 어떻게 되겠나?”

“소리가 잘 나지 않아 음악을 연주할 수 없습니다.”

“그래, 그렇다면 어떻게 해야 하나?”

“너무 조여도 안 되고 너무 풀어도 안 됩니다. 알맞게 줄을 조여야 아름다운 소리가 납니다.”

“잘 아는구먼. 그러면 조금씩 줄을 조이거나 풀면서 가장 아름다운 소리가 날 때가 언제인지를 깨달으면 되겠구먼.”

젊은 악사는 줄을 조였다 풀었다를 되풀이했다. 그리고 마침내 가장 아름다운 소리를 찾아냈다.

악사 일행이 가고 난 후 싯다르타는 문득 악기의 줄과 자신의 처지를 비교해 보았다.

‘나는 지금 악기로 말하자면 줄을 계속 조여 나가고 있는 상태다. 조일 수 없는 한계까지 조이고 있다. 이러다 줄이 끊어져버릴지도 모른다. 그렇게 된다면 연주도 할 수 없는 악기 신세가 되는 것이다. 몸을 너무 편안하게 하는 것도 문제지만 너무 괴롭게 하는 것도 문제라는 말인가? 도대체 깨달음은 어떻게 해야 만날 수 있는 것인가?’

싯다르타는 고행을 잠시 멈추고 나무에 기대어 앉았다. 나무껍질이 등뼈와 목뼈에 닿아 몹시 아팠다. 싯다르타는 자신의 삶이 나무와 깊은 인연을 맺고 있다는 사실을 새삼 깨달았다.

어머니 마야 왕비가 아쇼카 나무 아래에서 자신을 낳았고 열두 살 되던 해 봄
밭갈이 행사에 따라갔다가 생명과 세상의 고민에 눈뜨고 잠부 나무 아래에서 처
음으로 명상을 체험했다. 그리고 스물아홉 살에 출가하여 망고 나무 아래에서 수
행을 시작했으며 여섯 해 동안 나무가 우거진 숲에서 고행을 멈추지 않았다. 그리
고 지금 이렇게 나무에 기대어 지나온 나날들을 되돌아보고 있다.

아쇼카 나무, 잠부 나무, 망고 나무……. 싯다르타는 문득 잠부 나무 아래에서
명상에 잠겼던 순간들이 강렬하게 떠올랐다. 마음속에서 서로 엇갈려 싸우던 생
각과 폭포수처럼 쏟아지던 마음속 외침들. 그러나 거기에 사로잡히지 않고 지긋
이 마음의 움직임을 바라보고 살피게 되었을 때 찾아왔던 평화와 기쁨.

잠부 나무 아래에서 세상의 모든 일을 잊어버리고 빠져들었던 명상. 그 속에
그토록 찾아 헤매던 깨달음의 길이 있을지도 모른다는 생각이 벼락 치듯 싯다르
타의 머릿속을 스쳐갔다.

싯다르타는 마른풀처럼 시들었던 몸에서 알 수 없는 힘이 솟아나는 것 같았
다. 싯다르타는 지금 이 순간을 조금 더 또렷한 의식을 갖고 느끼고 싶었다. 싯다
르타는 네란자라 강에 몸을 담갔다. 그리고 천천히 몸에 쌓인 묵은 때를 씻기 시
작했다. 목욕을 하면서 잠부 나무 밑에서 체험했던 순간에 대한 확신이 더욱 커
져 갔다.

강물에서 나온 싯다르타는 더 이상 몸을 괴롭히지 않아야겠다고 결심했다. 고
행을 통해 고통과 번뇌의 원인을 알았다. 그러나 그 이상을 깨닫는 데 고행은 더
이상 필요하지 않았다. 고행은 이제 이미 타고 온 뗏목일 뿐이었다.

싯다르타는 더 높은 깨달음을 위해 무엇보다 기운을 차려야겠다고 생각했다.
건강과 힘을 다시 회복하는 것이 필요했다. 싯다르타는 먹을 것을 구하러 육 년

만에 우루벨라 마을로 내려갔다.

그때 마을에서는 소치는 집 막내 딸 수자타가 우유를 짜고 있었다. 수자타는 수수깡처럼 마른 몸에 누더기를 걸친 싯다르타가 비칠비칠 걸어가는 것을 보고 안타까운 생각이 들었다. 수자타는 우유를 다 짠 다음 급하게 불을 피워 우유죽을 끓였다.

수자타는 우유죽이 다 끓자 마을을 헤매고 다니는 싯다르타를 찾아냈다. 수자타가 그릇을 내밀자 싯다르타는 감사의 인사를 올리고 천천히 우유죽을 입에 떠 넣었다. 여섯 해 만에 먹어보는 감미롭고 부드러운 음식이었다. 마른 풀에 싱싱한 체액이 돌아 다시 푸른빛을 띠게 되듯 싯다르타의 몸도 가볍고 거뜬해졌다.

싯다르타는 누더기 옷을 버리고 무덤가에 버려진 새로운 옷으로 갈아입었다. 오랫동안 깎거나 다듬지 않아 뒤엉킨 머리와 수염도 깔끔하게 다듬었다.

이 모습을 지켜본 콘단냐 등 다섯 사문은 큰 충격을 받았다. 자신들의 본보기라고 생각했던 싯다르타가 고행을 포기하고 마을로 내려가 우유죽까지 먹었다는 사실을 도저히 받아들일 수 없었다.

"그렇게 고행을 하고도 깨달음을 얻지 못하더니 이젠 모든 것을 포기한 것이 분명해. 좋은 음식을 탐내고 안락한 생활을 하려고 하다니. 이제 싯다르타는 타락하고 말았어. 이런 자와 함께 있다는 것은 사문들의 수치야. 우리는 싯다르타가 보이지 않는 다른 데로 가서 고행의 길을 계속 이어갑시다."

콘단냐 등 다섯 사문은 싯다르타를 네란자라 강가에 남겨두고 새로운 고행 장소를 찾아 떠나갔다. 싯다르타는 콘단냐 등 다섯 사문의 비난에 대해 아무런 대꾸나 해명도 하지 않았다. 물이 흘러가는 대로 바람이 부는 대로 그들이 판단하고 행동하게 했다.

어느 정도 건강을 회복한 싯다르타는 명상을 하기 위해 핍팔라 나무(부처님께서
이 나무 아래에서 깨달음을 이루셨다 하여 보리수 나무라고 부름)를 향해 걸어갔다. 가는 길에
풀을 베고 있는 어떤 사람을 만났다. 그가 베는 풀은 부드럽고 유난히 윤기가 흘
러넘쳤다. 싯다르타는 그에게 여덟 다발의 풀을 얻어 핍팔라 나무 아래 깔고 앉았
다. 그리고 다짐했다.

'여기서 내 몸이 사라져버려도 좋다, 깨달음을 얻을 수만 있다면. 깨달음을
얻지 못한다면 결코 이 자리에서 일어나지 않으리라.'

마음속 마왕을 물리치고 깨달음을 얻다

싯다르타는 가부좌를 튼 다리 위에 두 손을 살며시 내려놓고 허리와 어깨를 곧게 폈다. 그리고 고개를 들어 지긋이 앞을 바라보았다. 깊은 명상에 잠기기 시작했다. 조용히 숨을 들이쉬고 조용히 숨을 내쉬었다. 숨은 작은 생쥐처럼 살며시 몸 속에 들어왔다 살며시 나가기를 되풀이했다. 그 생쥐 같은 숨을 싯다르타는 마음의 눈으로 지켜보았다.

드넓은 강가에 물살이 밀려왔다 밀려갔다. 붉은 해가 떴다 붉은 해가 졌다. 달이 꽉 찼다 서서히 기울었다. 봄과 여름의 별자리가 사라지고 가을과 겨울의 별자리가 다시 펼쳐졌다. 꽃이 피었다 꽃이 졌다. 새 잎이 돋았다 낙엽이 되어 떨어졌다. 긴 우기가 끝나고 건기가 시작되었다. 열매가 떨어지고 그 자리에서 새싹이 올라왔다.

싯다르타는 숨을 지켜보면서 이런 것들을 떠올렸다. 숨처럼 끝없이 되풀이 되는 자연의 현상들. 오고 가고, 생기고 사라지고, 끝나고 시작되고……. 싯다르타는 숨을 지켜볼수록 마음이 편안하고 고요해졌다. 숨을 따라 떠올리는 자연의 현상들도 마음 편하고 고요하게 바라보았다. 그저 바라볼 뿐 거기에 어떤 느낌이나 생각을 얽어매려고 하지 않았다.

싯다르타는 이런 상태가 너무나 즐거웠다. 얼마 만에 맛보는 즐거움인가? 싯다르타는 세상과 사람에 대해 생각하기 시작하면서 거의 즐거움이라는 말을 잊고 살다시피 했다.

고통과 번뇌가 늘 싯다르타의 머릿속을 떠나지 않았다. 잠시 즐거웠던 순간도 어느새 고통과 번뇌로 이어졌다. 다른 사람 눈에는 즐거운 순간만 보이는 것도 싯다르타에게는 늘 고통과 번뇌까지 함께 보였다.

출가를 한 이후에는 아예 즐거움의 반대 지점을 향해 달려갔다. 몸속에 남아있는 기름기를 쪽 빼내듯이 즐거움을 줄 만한 것들을 모두 버리거나 갖지 않았다. 거기서 더해 무려 여섯 해를 극심한 고통 속에 일부러 몸을 던지기도 했다.

'그런데 즐거움이라니? 그저 바라보기만 하는데도 즐거움이라니? 아무런 느낌과 생각을 갖지 않고 숨을 바라보고 거기서 자연의 현상을 떠올렸는데 즐거움이라니?'

싯다르타는 이 설명할 수 없는 체험 속으로 더 깊이 들어갔다.

싯다르타는 숨과 함께 자연현상을 떠올렸듯 지나 온 삶을 떠올리기 시작했다. 새어머니 마하파자파티의 사랑스러운 손길이 먼저 떠올랐다. 어떤 기대와 만족, 자부심에 가득 찬 표정으로 바라보던 부왕 숫도다나의 얼굴도 떠올랐다.

낳아준 어머니 마야 왕비가 출산 후 일주일 만에 숨을 거뒀다는 사실을 처음 알았을 때 충격에 휩싸였던 순간, 진리에 대한 열정으로 학문을 파고들던 학생 시절, 그리고 우다인 같은 또래 친구들.

밭갈이 행사에서 만났던 농부, 늙은 소, 벌레, 작은 새, 매, 잠부 나무. 봄나들이를 나갔다 동문 밖에서 만났던 노인, 남문 밖에 누워 있던 병든 사람, 서문 밖에서 치러진 장례식, 북문 밖에서 히말라야를 바라보다 만났던 사문.

요염한 춤과 미소로 유혹하던 궁녀들, 산사태로 자식과 소를 잃고 통곡하던 다니야 부부, 떠들썩한 축하 잔치의 하객들, 술에 곯아떨어져 깊이 잠든 무희들, 아노마 강까지 함께 해 주었던 찬나, 알라라 칼라마 같은 스승들, 콘단냐를 비롯

한 다섯 비구들, 수자타, 그리고 야쇼다라와 라훌라……

싯다르타는 예전에 이런 장면들을 떠올릴 때마다 고통스럽지 않았던 순간이 없었다. 그런데 지금은 그렇지 않았다. 끝없이 들고 나기를 되풀이하는 숨을 바라보듯, 오고 가고 생기고 사라지고 끝나고 시작되는 자연현상을 지켜보듯 평온하고 고요한 마음으로 바라볼 수 있었다.

그저 바라보고 또 바라볼 뿐이었다. 순간순간 마음을 흔들었던 복잡한 생각, 느낌없이 바라보는 데만 집중하자 훨씬 더 분명하고 정확하게 보이기 시작했다. 그리고 그것은 말로 표현할 수 없을 만큼 커다란 즐거움이었다. 싯다르타는 생전 처음 맛보는 즐거움 속으로 더 깊이 들어갔다.

그때였다. 마왕 파피야스(파순)의 딸들이 어느새 싯다르타 앞에 나타났다. 마왕의 딸들은 진한 화장을 하고 풍만한 몸매가 드러나는 얇은 옷을 입었다. 또 정신을 어지럽게 만드는 향수 냄새를 풍기었다.

"싯다르타님, 저희들은 하늘나라에서 싯다르타님을 모시러 내려 왔습니다. 그만 명상을 멈추시고 우리 함께 즐겁게 놀아요. 당신은 정말 보면 볼수록 멋지고 잘생긴 분이십니다. 수행해서 깨닫는 것보다 왕위를 물려받아 전륜성왕이 되어 천하를 호령하는 것이 더 좋지 않을까요? 저희들 같은 미녀와 쾌락을 즐기면서 말이에요."

마왕의 딸들은 콧소리를 내며 싯다르타를 유혹했다. 그러나 싯다르타는 조금도 흔들리지 않았다. 당연한 일이었다. 세상의 모든 것들을 있는 그대로 바라보면서 깨닫게 된 즐거움을 대신할 수 있는 것은 아무 것도 없었기 때문이다. 아무리 매혹적인 마왕 딸들의 유혹일지라도 그 즐거움 앞에서는 아주 보잘 것 없는 것에 불과했다.

싯다르타는 그녀들의 집요한 유혹에 넘어가지도 않았지만 유혹을 애써 물리치려고 하거나 미워하지도 않았다. 세상에서 가장 큰 즐거움 속에 있었기 때문에 그녀들의 유혹도 꽃이 피었다 꽃이 지는 일과 다름없게 담담히 지켜볼 뿐이었다.

그러자 마왕 딸들의 아름다웠던 몸이 점점 바뀌기 시작했다. 얼굴에는 검버섯이 피어나고 피부는 쭈글쭈글해졌다. 머리카락은 듬성듬성 빠지고 허옇게 세었다. 가슴과 엉덩이는 축 처지고 허리가 완전히 굽어버렸다. 아리따웠던 처녀가 어느새 노파로 바뀌었다.

딸들의 유혹이 실패로 돌아가자 마왕은 화가 머리끝까지 치솟았다. 마왕은 분노에 차서 싯다르타를 향해 활을 쏘고 창을 던졌다. 마왕은 싯다르타에게 이렇게 외쳤다.

"싯다르타여, 곧 화살이 네 이마에 꽂힐 것이고 창이 네 심장을 뚫어버릴 것이다. 두렵지 않은가? 깨닫자마자 죽어버린다면 얼마나 억울한 일인가? 죽고 싶지 않다면 당장 그 자리에서 일어나 도망치거라. 하하하."

마왕의 협박과 비웃음이 계속 되었지만 싯다르타는 이 즐거움을 깨뜨릴 생각이 털끝만큼도 없었다. 싯다르타는 소낙비를 지켜보듯 마왕의 활과 창이 날아오는 것을 담담하게 바라보았다. 맹렬한 속도로 날아오던 활과 창은 싯다르타의 몸에 닿기 전에 아름다운 꽃잎으로 바뀌어 흩어졌다. 싯다르타 주변에 꽃비가 내리는 것 같았다.

마왕은 최후의 수단을 써서 싯다르타를 다시 한 번 공격했다. 그것은 의심이라는 무기였다.

"싯다르타여, 네가 깨달았다는 것을 어떻게 다른 사람이 알 수 있지? 아마도 그것을 알아듣고 인정할 사람은 아무도 없을 거야. 아무도 몰라주는데 무슨 의미가 있지? 이제 깨달았으니 세상에 남아 있을 필요가 없겠군. 당장 이 세상을 떠나

버리라고."

"……."

싯다르타는 아무런 대답을 하지 않았다. 대답할 필요가 없었다. 이미 세상에서 가장 큰 즐거움 속에 있는데, 그것을 증명해야 할 아무런 이유가 없었다. 그의 표정과 웃음이 대답을 대신했다.

마왕의 모든 협박과 회유, 계획은 전부 물거품처럼 되었다. 그러자 하늘과 땅과 바람과 물이 크게 떨리기 시작했다. 마치 하늘과 땅과 바람과 물이 싯다르타의 대답을 대신해 주려는 것 같았다. 마왕은 실패에 대한 실망감을 견디지 못하고 연기처럼 사라져버렸다.

마왕은 사실 싯다르타 밖에 있는 것이 아니었다. 그동안 싯다르타의 마음과 생각이 미치지 않았던 아주 깊고 깊은 의식 속에 남아 있던 것들이었다. 바로 고통과 번뇌의 뿌리들이었다. 싯다르타는 마지막까지 저항을 하며 깨달음을 깨뜨리려고 했던 고통과 번뇌의 뿌리마저 뽑아내었다.

싯다르타는 이제 자신의 마음속 깊이 도사리고 있었던 욕망을 하나하나 완전히 정복하였다. 그리고 지금까지와는 차원이 다른 깊은 명상에 들 수 있었다. 시간이 얼마 지나지 않아 싯다르타는 잡생각이 나지 않는 기쁨을 느꼈다. 그리고 조금 더 지나 고요한 마음의 기쁨을 느끼고, 바르게 생각하고 바르게 아는 기쁨, 더 나아가 즐거움·괴로움·슬픔·근심이 전혀 없이 지극히 편안한, 완전한 자유를 찾게 되었다. 어떤 얽매임이나 구속도 없는 마음으로 세상을 바라보게 되었다.

'세상에 영원히 변하지 않는 것은 없다. 사람이나 짐승이나 나무나 풀이나 저 고물고물 기어다니는 벌레나 살아 있는 것은 지금 이 순간에도 변하고 있다. 새싹이 돋아나 작은 나무, 큰 나무로 성장해 세월이 흐르면 썩은 통나무가 되듯이 사람도 태어나 늙고 병들고 죽어간다. 흐르는 강물도 늘 똑같아 보이지만 한

순간도 같은 모습이 아니다. 절대 변하지 않을 것같이 단단한 바위도 돌멩이로, 모래알로 변해간다.

그런데 사람들은 세상의 모든 것이 언제나 그대로일 것이라고 착각한다. 그래서 어떤 것이 지금 내 곁에 있다고 즐거워하고 내 곁을 떠났다고 슬퍼한다. 모든 것이 변화한다는 사실을 잊지 않으면 즐거움에 들뜨지 않고, 슬픔에 괴로워하는 일도 없을 것이다. 언제나 평화롭고 넉넉한 마음으로 다른 사람들과 세상을 마주할 수 있을 것이다.

모든 것은 변화하기 때문에 '나'라고 할 만한 것도 없다. 사람은 오온(물질·느낌·지각·의지·인식이라는 다섯 가지의 무더기)이 모여 만들어진 것이다. 그런데 사람들은 영원히 변하지 않는 내가 있다고 생각한다. 그리곤 변하는 것을 받아들이지 못해 괴로워하는 것이다.

모든 것이 서로서로 의지하여 이루어졌고, 또 그것이 이루어질 때와 마찬가지로 흩어진다는 것을 깨닫게 되면 태어나고 늙고 병들고 죽고 사랑하고 헤어지는 고통으로부터 자유로워지는 열반(고통과 번뇌에서 벗어나 완전한 깨달음에 이른 것)에 이른다. 세상의 모든 사람들이 열반에 이르게 되면 고통도 없고 다툼도 사라진다. 큰 나무와 작은 나무, 큰 풀과 작은 풀, 덩굴식물과 기생식물, 이끼류와 양치류, 갖가지 버섯과 곰팡이, 벌레와 짐승, 새와 나비가 숲에서 어울려 살 듯 그렇게 평화롭게 살아갈 수 있는 것이다.'

싯다르타는 쉬지 않고 다시 깊은 명상을 이어갔다. 명상을 하면서 고통의 근원을 남김없이 찾아내었다. 그리고 고통으로부터 벗어나는 법을 완전하게 밝혀내었다. 싯다르타가 깨달은 것은 사법인과 십이연기법(이 세상의 모든 것이 서로 연결돼 있고 서로 의지해서 일어난다는 사실을 열두 개의 단계를 통해 밝혀낸 진리)이었다.

싯다르타는 마침내 태어나고 늙고 병들고 죽고 사랑하고 헤어지는 고통으로

부터 완전히 자유로운 깨달은 사람이 되었다. 세상에서 가장 큰 즐거움과 행복의 길을 발견한 것이다. 기원전 531년 싯다르타의 나이 서른다섯, 출가의 길을 나선 지 여섯 해 만에 깨달은 자, 붓다가 된 것이다.

싯다르타가 깨달음을 얻은 네란자라 강가의 마을을 후세 사람들은 깨달은 곳 이라는 뜻을 가진 '부다가야'라고 불렀다. 싯다르타가 머물렀던 핍팔라 나무는 깨 달음의 나무라는 뜻을 가진 '보리수'라고 불렀다.

붓다가 세상을 떠난 이후, 붓다의 가르침을 전 세계에 알리는 데 가장 큰 노력 을 기울였던 아쇼카 왕은 부다가야에 붓다의 깨달음을 기념하는 대탑을 세우기도 했다.

진리를 깨달은 붓다의 주변에는 한층 어둠이 짙게 깔려 있었다. 어둠은 항상 날이 새기 전에 가장 짙어지는 법이다. 캄캄한 하늘 위로 샛별이 반짝였다. 새벽 을 알리는 별빛이었다. 이제 곧 짙은 어둠은 물러가고 찬란한 태양이 온 세상을 비추게 될 것이다.

진리를 처음 말하다

붓다는 깨달음을 얻고 난 뒤에도 자신이 깨달은 것이 무엇인지, 차근차근 살펴보았다. 또한 이 깨달음으로 무엇을 해야 하는지도 골똘히 궁리하였다. 붓다는 그렇게 49일 동안 일곱 군데의 나무를 옮겨 다니며 시간을 보냈다.

마침내 붓다는 길을 떠나기로 마음먹었다. 붓다는 6년 전 카필라 성의 성문을 빠져 나올 때 가슴에 품었던 스스로의 다짐을 잊지 않고 있었다. 야쇼다라와 라훌라를 남겨두고 떠나면서 이렇게 맹세하지 않았던가.

'사람들과 살아있는 모든 존재들이 나고 자라고 병들고 죽고, 먹고 먹히고 사랑하고 헤어지는 고통으로부터 벗어나는 길을 찾아서 알려 주리라.'

지금이야말로 바로 그 다짐을 행동에 옮길 수 있게 된 때가 된 것이다. 붓다는 가장 먼저 누구와 이 깨달음을 나눌 것인가를 생각했다. 두 사람이 떠올랐다. 예전에 자신을 가르쳤던 스승들이었다. 그들이라면 어렵지 않게 이 깨달음을 나눌 수 있을 것이다. 하지만 아쉽게도 그들은 이미 이 세상 사람이 아니었다.

붓다는 자신과 함께 혹독한 고행의 길을 견뎌냈던 콘단냐 등 다섯 사문을 떠올렸다. 지금 비록 커다란 오해를 하고 있지만 그들은 어떤 수행자들보다 진리를 향한 열정이 뜨거운 사람들이었다. 진실의 햇빛을 만난다면 오해의 얼음이 이내 녹아버릴 것이라고 붓다는 확신했다.

붓다는 콘단냐 등 다섯 사문이 수행하고 있다는 바라나시의 녹야원(사슴동산이라고도 부른다)을 향해 길을 떠났다. 세상에서 가장 높은 깨달음을 얻은 데다 49

일 동안 충분히 휴식을 취한 때문인지 붓다의 얼굴은 밝게 빛이 났고 발걸음은 가벼웠다.

붓다는 길을 걸으며 바라보는 모든 것이 그렇게 새로울 수가 없었다. 저 언덕에 우뚝 서 있는 나무, 높은 산의 아찔한 암벽, 한가롭게 흘러가는 구름, 길가에서 먼지를 뒤집어쓰고도 억세게 자라는 풀들, 바쁘게 길을 가로질러 가는 개미들의 무리 …… 반갑고 사랑스럽지 않은 것이 없었다.

높이 솟았다 낮게 내려앉기를 되풀이하며 날아가는 종달새, 풀숲에서 날아와 옷깃에 달라붙은 벌레, 웅덩이 속에서 빨갛게 뭉쳐 있는 실지렁이 떼들, 흘끔 쳐다보고 바위틈으로 사라지는 방울뱀, 쏜살같이 산자락을 올라타는 사슴들 …… 붓다는 그들이 마치 자신의 손가락이나 발가락, 혹은 몸속의 심장이나 허파처럼 몸의 일부로 여겨졌다.

붓다는 바라나시 녹야원을 찾아가던 도중에 아무 것도 걸치지 않은 한 남자를 만났다. 그는 우파카라는 외도의 사문이었다. 우파카는 붓다의 빛나는 얼굴을 보고 그 이유를 물었다. 붓다는 자신이 고통에서 벗어나는 최상의 진리를 깨달았다고 답했다. 그러자 우파카는 붓다에게 스승이 누구냐고 물었다. 붓다는 스승은 없고 스스로 깨달은 것이라고 말했다.

"나는 모든 고통과 괴로움을 벗어나는 깨달음을 얻었습니다. 나는 진정한 승리자입니다."

그러나 우파카는 붓다의 말을 믿지 않았다. 그리고 비꼬듯이 한 마디 말을 던지고 가버렸다.

"쳇, 아마 그럴지도 모르지요."

우파카는 붓다를 만나고도 가르침을 받지 못하였다. 하늘에 태양이 온 세상을 환하게 비추어도 장님은 태양을 보지 못하듯이 우파카는 진리를 깨달은 태양 같

은 붓다를 보고도 그냥 지나친 것이다. 붓다는 길을 재촉했다. 우루벨라에서 바라나시까지는 320킬로미터가 넘는 먼 거리였다. 한 달 가까이 걸어야 하는 거리였지만 붓다는 스무 날 만에 녹야원에 도착했다. 그만큼 진리를 전하고 싶은 열정이 뜨거웠다.

콘단냐, 앗사지 등 다섯 사문은 여전히 고행을 멈추지 않고 있었다. 그들의 기억 속에서 싯다르타는 이미 잊혀진 사람이나 다름없었다. 그런데 갑자기 그의 모습이 그들의 눈앞에 나타났다. 그들은 서둘러 눈빛을 나누며 붓다를 외면해버리기로 약속했다.

그러나 붓다는 그들의 외면에도 아랑곳하지 않고 가까이 다가갔다. 붓다는 부드러운 미소를 띠며 그들 앞에 섰다. 그러자 다섯 사문은 자신들의 의지와 달리 알 수 없는 어떤 힘에 이끌려 자리에서 일어났다. 그리고 붓다에게 머리를 숙일 수밖에 없었다. 붓다의 얼굴빛이 예전과 전혀 달랐다. 그지없이 맑고 빛났다. 다섯 사문은 붓다의 빛나는 얼굴을 보고 한결같이 궁금해 했다. '어떻게 했기에 저렇게 변했을까?' 그런데 처음의 약속과 달리 사문들의 행동을 끌어낸 알 수 없는 어떤 힘에 맞서려는 듯 앗사지가 붓다에게 따지듯 물었다.

"싯다르타, 당신은 고행을 포기하고 맛있는 음식을 탐하지 않았습니까? 타락한 당신이 어쩐 일로 여기를 찾아온 것입니까?"

"나는 결코 타락한 적이 없다. 고행을 그만 두기는 했지만 한순간도 진리를 찾는 일을 그만 둔 적이 없었다. 마침내 나는 고통에서 벗어날 수 있는 최상의 진리를 깨달았다. 이제 그대들에게 붓다가 깨달은 진리를 나누기 위해 이곳까지 찾아왔다."

콘단냐는 붓다의 얼굴과 목소리를 통해 그의 말에 한 치의 거짓도 없음을 알아차렸다. 콘단냐는 붓다 앞에 무릎을 꿇고 여쭈었다.

“드디어 붓다가 되셨군요. 고행을 포기했는데 어떻게 붓다가 될 수 있었나요?”

“지금부터 왜 고행을 그만두었는지, 고행을 그만두고 어떻게 깨달음을 얻었을 수 있었는지 보여주겠다.”

붓다는 다섯 사문을 데리고 강으로 갔다. 강가에 이르러서도 붓다는 강물만 바라볼 뿐 좀처럼 말을 꺼내지 않았다. 다섯 사문은 도대체 강물에서 무슨 엄청난 일이라도 벌어지는 것일까 생각하며 함께 강물을 바라보았다.

그렇게 한 시간이 넘게 흘렀다. 다섯 사문은 괜히 따라왔다는 후회가 들기 시작했다. 이 강과 고행을 포기한 것이 도대체 무슨 관련이 있다는 말인가. 차라리 돌아가는 게 낫겠다고 서로 눈빛으로 의견을 나누었다. 그때였다. 붓다가 손으로 강물을 가리키며 말을 꺼냈다.

“저 강물 위에 떠내려가는 통나무가 보이는가?”

다섯 사문은 붓다의 손이 가리키는 방향을 따라 눈길을 돌렸다. 사람 키의 절반만한 통나무가 천천히 떠내려 오고 있었다.

“통나무가 어떻게 떠내려 오는지 잘 보아라.”

다섯 사문은 붓다가 도대체 무슨 말을 하는지 알 수 없다는 표정으로 눈을 슴벅거리며 통나무를 쳐다봤다. 붓다가 다섯 사문에게 물었다.

“통나무가 만일 저쪽 강기슭이나 이쪽 강기슭에 닿는다면 어떻게 되겠느냐?”

“그러면 더 이상 떠내려가지 못하겠지요.”

“가라앉거나 바위에 걸린다면 어떻게 되겠느냐?”

“물속에 갇혀 썩어갈 것입니다.”

“어부들이나 뱃사공이 건져간다면 어떻게 되겠느냐?”

“사람들이 말려서 땔감으로 쓰겠지요.”

"그렇다. 그렇게 되면 통나무는 강물을 따라 흘러가지 못하고 결국 바다에 이르지도 못하게 될 것이다."

다섯 사문은 통나무에서 눈을 떼고 붓다를 바라보았다. 그들은 방금 빼꼼히 열린 문틈 사이로 진실의 옷자락 하나를 살짝 엿본 것 같았다. 눈빛을 반짝이며 이어지는 붓다의 말씀에 귀 기울였다.

"수행을 통해 깨달음이라는 열반의 바다에 이르는 길도 마찬가지다. 어떤 경우에도 극단에 치우쳐서는 안 된다. 그것은 통나무가 강기슭에 닿는 일과 마찬가지다. 세상에는 두 가지 극단이 있다. 한 가지는 욕심을 부리고 쾌락에 빠지는 것이다. 이는 저속한 것으로 수행자에게 이롭지 않다. 또 한 가지는 자기를 지나치게 괴롭히는 고행에 열중하는 것이다. 이 또한 바른 길이 아니다. 극단적인 쾌락을 추구해서도 안 되고, 극단적인 고행으로 몸과 마음을 괴롭혀서도 안 된다. 붓다는 이 두 가지 극단을 버리고 중도(中道)를 깨달았다. 중도야말로 깨달음에 이르는 길이다. 중도를 알면 지혜롭고 자비로운 영원한 행복을 얻는다."

다섯 사문들은 모두 붓다에게 무릎을 꿇고 제자로 받아달라고 애원했다. 붓다는 그들의 몸을 하나씩 일으켜 세우며 이미 가르침을 받았으니 붓다의 첫 제자가 되었노라고 말했다.

붓다는 중도의 가르침을 다시 자세하게 설명해 주었다.

먼저 네 가지 거룩한 진리인 사성제(고·집·멸·도)에 대해 이야기해 주었다. 사성제는 사람들을 비롯해서 살아 있는 모든 존재들이 모두 고통에 빠져 있고, 그 원인이 집착 때문이며, 집착이 사라져야, 마침내 고통에서 벗어나는 깨달음을 얻는다는 내용이었다.

붓다는 또한 깨달음에 이르기 위한 여덟 가지 바른 길인 팔정도에 대해서도 설명했다. 첫째, 정견(바른 견해) 둘째, 정사유(바른 생각) 셋째, 정어(바른 말) 넷째, 정업

(바른 행동) 다섯째, 정명(바른 생활) 여섯째, 정정진(바른 노력) 일곱째, 정념(바른 마음 챙김) 여덟째, 정정(바른 마음 집중)으로 이 여덟 가지를 올바르게 실천한다면 깨달음을 이룰 수 있다는 내용이었다.

다섯 사문은 붓다의 가르침을 듣고 최상의 진리를 향해 깨달음의 길을 걷기 시작했다. 이로써 붓다의 제자가 다섯 명이 되었다. 다섯 명의 제자는 앞으로 인도 전역과 전 세계 여러 나라에 눈덩이처럼 불어나게 될 승가(붓다의 가르침을 따르는 집단. 여기에서 스님이라는 말이 나왔다)의 출발점이었다. 이로써 붓다, 붓다의 가르침, 승가 즉 불교를 이루는 세 가지 중요한 요소인 삼보(불·법·승)가 시작되었다.

고통에 빠진 사람들을 구하다

붓다가 강기슭을 산책하던 어느 아침이었다. 강에서 물안개가 자욱이 피어올라 붓다가 걷고 있는 지점에서 몇 발짝만 떨어져도 거기에 무엇이 있는지 분간할 수가 없었다. 붓다는 안개 속을 거닐며 깨달음을 얻기 전 캄캄하고 막막했던 자신의 마음도 이랬다는 사실을 떠올렸다.

'안개는 손으로 아무리 걷어내고 헤쳐도 사라지지 않고 그대로다. 오직 햇빛이 비칠 때만 사라져버린다. 어리석음도 마찬가지다. 진리의 빛이 비칠 때만 사라져버린다.'

붓다는 이런 생각을 가다듬으며 천천히 안개 속을 헤쳐 나갔다. 그런데 안개 저편에서 이상한 소리가 들렸다. 비명 같기도 하고 고함 같기도 한 소리가 보이지 않는 안개의 장막을 헤치고 들려 왔다. 붓다는 걸음을 멈추고 가만히 귀를 기울였다.

"아, 괴롭다. 괴로워!"

젊은 남자의 목소리는 그렇게 말하고 있었다. 그러더니 철벅철벅 거친 물소리가 들렸다. 몇 차례 더 소리가 들리다 이내 조용해졌다. 붓다는 소리가 나는 방향을 향해 달려갔다.

목소리의 주인공인 젊은 청년이 깊은 물을 향해 걸어가고 있었다. 붓다는 쏜살같이 달려가 청년의 어깨를 잡아챘다. 청년은 얼이 빠진 표정으로 한참 동안 붓다를 바라보더니 물속에서 맥없이 쓰러져버렸다. 붓다는 청년을 들쳐 업고 강물을 빠져나왔다.

붓다는 청년을 기슭에 눕혔다. 비단옷 차림에 준수한 외모로 보아 부잣집 아들이 틀림없었다. 잠시 후 청년은 정신을 차렸다. 청년은 처음 보는 붓다에게 자신이 고통스러운 이유를 모두 털어놓았다.

청년은 바라나시 중심가에 사는 큰 부잣집의 아들 야사였다. 야사는 왕자 못지않게 호화로운 생활을 누려왔다. 야사는 날마다 기녀들을 불러서 친구들과 잔치를 열었다. 잔칫상에는 온갖 맛있는 음식과 술이 넘쳐났다. 밤새도록 술과 음식을 먹고 춤을 추고 노래를 부르다 잠이 들었다. 이렇게 잔치는 매일같이 되풀이 되었다.

지난밤도 야사는 잔치를 벌였다. 평소엔 먼저 술에 곯아떨어져 잠자리로 끌려가곤 했는데 지난밤에는 어쩐 일인지 아무리 술을 마셔도 취하지 않았다. 다른 사람들이 모두 술에 곯아떨어져 잠이 들 때까지 야사는 술을 계속 마시고 있었다.

야사는 더 이상 술을 함께 마실 사람이 없자 잠을 자기 위해 침실로 향했다. 연회장을 가로질러 가는데 친구와 기녀들이 곳곳에 널브러져 있었다.

기녀들은 그가 평소에 보던 모습이 아니었다. 흰 피부와 진한 화장, 아름다운 눈빛과 미소로 야사를 유혹하던 그녀들의 모습은 온데간데없이 사라져버렸다. 그 사라진 자리에 피부는 화장이 뭉개져 꼴사납게 변하고 얼굴엔 침과 토사물로 범벅이 됐으며 술 냄새와 향수 냄새가 뒤섞여 악취를 풍겼다. 기녀들은 추한 살덩어리일 뿐이었다.

야사는 지금까지 이 살덩어리의 유혹에 빠져 허우적댔던 자신이 견딜 수 없이 역겨웠다. 자신은 저 기녀들보다 더 흉측하고 혐오스러운 존재일지 모른다는 생각이 갑자기 들었다. 야사는 이렇게 또 밤을 맞을 생각을 하니 살고 싶은 생각이 사라져버렸다.

붓다는 야사의 이야기를 들으며 카필라 국의 태자 시절을 떠올렸다. 붓다는 야사처럼 쾌락을 즐긴 것은 아니지만 결과적으로 야사와 비슷한 생활을 견뎌내야 했다.

붓다는 야사에게 과거 자신의 태자 시절 이야기와 현재에 이르게 된 과정을 들려주었다. 그리고 고통에서 벗어나는 법, 깨달음의 길을 찾는 법을 일러주었다. 야사는 흰 무명천이 물감을 받아들이듯 붓다의 가르침을 일그러뜨리지 않고 그대로 받아들였다.

야사는 마침내 붓다의 제자인 비구(붓다의 가르침에 따라서 수행하기 위해 출가한 남자 수행자. 여자 수행자는 비구니)가 되었다. 뒤늦게 아들의 소식을 들은 야사의 아버지는 야사의 출가를 말렸지만 붓다의 이야기를 듣고 난 뒤 허락하지 않을 수 없었다. 야사의 아버지는 최초로 우바새(출가하지 않고 직업에 종사하며 붓다의 가르침을 실천하는 남자 신도. 여자 신도는 우바이. 비구, 비구니, 우바새, 우바이를 가리켜 사부대중이라 부른다)가 되었다.

야사의 출가 소식은 바라나시 전체를 떠들썩하게 만들었다. 모든 사람들이 부러워하는 야사가 돈과 쾌락, 명예를 모두 버리고 비구가 되었다는 소식은 꼬리에 꼬리를 물고 금세 퍼졌다. 도대체 붓다는 어떤 사람일까? 야사의 친한 친구 네 명이 궁금증을 풀기 위해 붓다를 만나러 갔다가 붓다의 가르침에 큰 깨달음을 얻어 그 자리에서 머리를 깎았다. 그리고 다시 쉰 명의 친구들이 비구가 되었다.

붓다를 따르는 제자들 가운데 깨달음을 얻은 아라한(깨달음을 이룬 사람)이 쉰 명이 넘었다. 붓다는 지금부터 본격적으로 가르침을 퍼뜨리는 일을 해야겠다고 결심하고 제자들에게 이야기했다.

"이제 모든 사람들을 깨달음의 길로 이끌기 위해 여러 나라로 흩어져 떠나라. 같은 길을 두 사람이 가지 말라. 절대 남에게 대접 받으려고 하지 말라."

붓다는 제자들에게 이렇게 말하고 자신도 우루벨라를 향해 길을 떠났다. 우루벨라 마을은 붓다가 고행을 하던 곳이었다. 우루벨라에 거의 다다랐을 때 붓다는 숲의 한 나무 그늘 아래에서 잠시 쉬었다. 붓다는 우루벨라에서 보냈던 시간을 떠올리며 상념에 잠겼다.

‘고행을 통해 깨달음을 얻은 것은 아니다. 하지만 그런 시행착오를 겪지 않고도 과연 깨달음을 얻을 수 있었을까? 아마 그렇지는 않을 것이다. 고행을 했기 때문에 극단적인 방법으로는 진리를 깨달을 수 없다는 사실을 알게 되었다. 결과적으로 그것 때문에 중도의 진리를 발견할 수 있었다.

그렇지만 모든 사람이 나와 같은 시행착오를 겪을 필요는 없다. 나의 경험과 깨달음을 들려주어서 많은 사람들이 헤매지 않고 곧바로 진리의 길에 들어서게 해야 한다.’

붓다가 자리를 털고 일어나 다시 길을 떠나려는데 한 무리의 젊은 남녀들이 웅성거리며 붓다에게 다가왔다. 그들은 다짜고짜 방금 화려한 차림새의 여자가 지나가는 것을 보지 못했느냐고 여쭈었다. 붓다가 왜 여자를 찾는지 까닭을 묻자 한 사람이 자초지종을 설명했다.

그들은 우루벨라 명문가의 젊은 자제들로 아내들과 함께 나들이를 나왔다. 친구 가운데 한 사람이 아직 결혼을 하지 않아 할 수 없이 기녀를 한 명 짝지어 주었다. 모두들 즐겁게 노느라 정신을 팔고 있는데 한참 후 기녀가 보이지 않았다. 보석과 돈을 훔쳐 달아난 것이었다.

청년들은 기녀를 빨리 잡아야 한다며 흥분을 가라앉히지 못했다. 붓다는 청년들과 그들의 아내들을 둘러본 다음 천천히 말을 꺼냈다.

“보석과 돈이 중요한가, 그대들 자신이 더 중요한가?”

“그야 당연히 우리 자신이 더 중요하지요.”

“그렇다면 도둑맞은 보석과 돈을 먼저 찾아야 하는가, 아니면 그대들 자신을 먼저 찾아야 하는가?”

“물론 우리 자신을 먼저 찾아야 하지요.”

“그렇다면 붓다가 그대들을 위해 자기 자신을 찾는 법을 일러줄 터이니 흥분을 가라앉히고 거기에 앉아 이야기를 들어보게나.”

방금 전까지 길길이 날뛰던 청년들과 그들의 아내들은 어느새 차분한 표정이 되어 붓다의 이야기를 들었다. 그들은 달아난 기녀와 도둑맞은 보석과 돈 따위는 까맣게 잊어버리고 붓다의 가르침에 귀 기울였다. 청년들은 마침내 출가하여 비구가 되었다.

붓다는 우루벨라에 도착해 불의 신 아그니를 섬기는 카사파(가섭) 삼형제와 그들을 따르는 천 명의 제자들도 모두 귀의(붓다의 가르침을 믿고 따름)시켰다. 마가다 국에서 가장 큰 교단을 이끌고 있는 카사파 삼형제의 귀의 소식은 라자가하에 있는 빔비사라 왕에게까지 전해졌다. 빔비사라 왕은 당장 붓다가 머물고 있는 숲으로 달려왔다.

빔비사라 왕은 왕의 권위를 상징하는 왕관, 햇빛가리개, 칼, 가죽신을 모두 벗어 놓거나 물리고 맨발로 붓다 앞에 다가갔다. 그리고 붓다 앞에 무릎을 꿇고 큰절을 올렸다. 빔비사라 왕은 붓다의 가르침을 듣고 난 후 자신의 벅찬 심경을 쏟아냈다.

“약속하신 대로 깨달은 자, 붓다가 되어서 라자가하를 찾아주셨군요. 저는 왕자 시절에 다섯 가지 소원이 있었습니다. 왕이 되는 것, 붓다가 내 나라에 오는 것, 붓다를 섬기는 것, 붓다의 가르침을 듣는 것, 마지막으로 붓다의 가르침을 깨닫는 것이었습니다. 이제 다섯 가지 소원이 다 이뤄졌습니다.”

빔비사라 왕은 삼보에 귀의할 것을 맹세하고 성문 밖 대나무 숲을 붓다에게 헌납했다. 이 자리에 불교 최초의 사원인 죽림정사를 지었다. 빔비사라 왕은 붓다를 이렇게 비유했다.

“넘어진 사람을 일으켜 세워주듯, 숨겨진 것을 드러내듯, 길 잃은 사람에게 길을 찾아주듯, ‘눈 있는 자 세상을 보리라’ 하면서 어둠 속에서 등불을 밝히듯 붓다는 여러 가지 방법으로 진리를 가르쳐주십니다.”

뛰어난 제자들과의 만남

한 남자가 라자가하의 거리를 걷고 있었다. 그는 무엇인가를 찾고 있는 듯했지만 두리번거리지는 않았다. 오히려 입을 굳게 다물고 앞을 똑바로 바라보며 걸음을 옮겼다. 그 남자의 이름은 사리풋타(사리불)였다.

사리풋타는 원래 브라만 마을 촌장의 아들이었다. 그에겐 비슷한 신분의 친구 목갈라나(목건련)가 있었다. 두 사람은 어려서부터 사람과 세상에 대한 진실을 알기 위해 많은 노력을 기울였다. 여러 가지 책을 읽고 많은 사람들을 만났지만 속 시원한 해답을 찾지 못했다.

그들은 떠돌이 수행자 산자야의 제자가 되었다. 산자야와 함께 수행을 하면서 그의 가르침을 열심히 익히고 깨달았다. 얼마 지나지 않아 산자야는 두 사람에게 더 이상 가르칠 것이 없게 되었다. 두 사람은 더 큰 가르침을 배우기 위해 여러 스승들을 만났지만 산자야를 넘어서는 사람을 만나지 못했다.

그때 사리풋타는 라자가하에 떠도는 소문을 듣게 되었다. 어떤 사람이 나타나 카사파 삼형제를 제자로 삼았다는 이야기였다. 더구나 빔비사라 왕도 그의 제자가 되었다는 이야기를 듣자 그냥 듣고만 있을 수가 없었다. 사리풋타는 자기가 직접 그 소문의 진상을 밝히겠노라고 마음먹고 라자가하 거리를 떠돌아다녔다.

그런 사리풋타의 눈에 한 남자가 들어왔다. 그도 사리풋타와 같은 사문 신분으로 초라한 옷차림이었다. 진흙 그릇을 들고 음식을 얻어먹기 위해 이 집 저 집을 옮겨 다니고 있었다.

그런데 이상하게도 그에게 눈길을 뗄 수가 없었다. 평범해 보였지만 그에게는 사리풋타가 갖고 있지 않은 무언가가 있었다. 그것은 어떤 확고한 신념, 밝고 힘찬 기운 같은 것이었다. 사리풋타는 그에게 다가가 물었다.

"당신은 지금 어디서 수행을 하고 당신의 스승은 누구입니까?"

"저는 앗사지라고 합니다. 저는 죽림정사에 머물고 있으며 제 스승은 붓다가 되신 싯다르타라는 분입니다."

앗사지는 붓다와 우루벨라 숲에서 함께 고행을 하고 녹야원에서 붓다의 설법을 처음으로 들었던 비구였다. 사리풋타는 다시 앗사지에게 물었다.

"붓다의 가르침은 무엇이 핵심입니까?"

"제가 함부로 이야기할 수는 없지만, 모든 현상은 원인이 있어서 생긴다고 붓다는 말씀하셨습니다. 그리고 그와 마찬가지로 원인이 있어서 사라지는 것이라고 말씀하셨습니다."

사리풋타는 그토록 찾아 헤매던 최상의 진리를 드디어 만날지도 모른다는 기쁨에 겨워 한달음에 목갈라나에게 달려갔다. 사리풋타는 목갈라나에게 자기가 보고 들은 바를 이야기했다.

그들은 곧바로 산자야에게도 이 같은 사실을 말하고 함께 붓다의 제자가 되자고 설득했다. 그러나 산자야는 끝내 자신의 교단이 붓다에게 넘어가는 것을 바라지 않았다. 그러나 두 사람의 이야기를 들은 200명의 수행자들은 행동을 함께 하기로 의견을 모으고 두 사람과 함께 죽림정사로 붓다를 찾아갔다.

두 사람은 붓다에게 제자로 받아줄 것을 요청했다. 붓다는 두 사람의 인물됨을 한눈에 알아보았다. 붓다는 그들을 제자로 받아들였을 뿐만 아니라 승가의 여러 가지 중요한 일을 두 사람에게 맡겼다.

두 사람은 훗날 붓다의 10대 제자 가운데 가장 중요한 인물이 되었다. 사리풋타는 제자들 가운데 지혜가 가장 뛰어났으며 목갈라나는 신통한 능력이 가장 뛰어났다. 붓다는 다른 제자들에게 두 사람을 가리켜 이렇게 말했다.

"너희들에게 사리풋타는 낳아준 어머니 같고, 목갈라나는 기른 어머니 같은 사람이다."

붓다의 제자 가운데 중요한 또 한 명이 될 사람이 마가다 국에 살고 있었다. 그는 마하카사파(마하가섭)였다. 그는 큰 부자의 아들이었으며 브라만교 경전인 베다에 통달해 있었다. 그는 어려서부터 진리를 깨닫는 데 자기의 인생을 바치고 싶었다.

그러나 그의 부모는 그가 평범하게 결혼을 해 자손을 낳고 물려받은 재산을 잘 가꾸기를 바랐다. 마하카사파는 부모의 뜻을 거역할 수 없어 브라만의 딸과 결혼했다. 그런데 그녀 역시 마하카사파와 같은 꿈을 가진 여자였다.

몇 년 후 부모님이 세상을 떠나자 두 사람은 그동안 꿈꿔 왔던 삶을 실천에 옮기기로 의견의 일치를 보았다. 하인들을 자유로운 신분으로 풀어주고 그들에게 모든 재산을 나눠주었다.

두 사람은 진리를 찾기 위해 함께 길을 떠났다. 그러다 갈림길을 만나자 마하카사파는 오른쪽으로, 그의 아내는 왼쪽으로 가기로 했다. 두 사람은 헤어지면서 먼저 깨닫는 사람이 상대방에게 깨달음을 전해 주기로 약속했다.

마하카사파는 아내와 헤어져 라자가하를 향해 걷고 있었다. 어느 마을을 지나갈 때였다. 나무 아래 한 남자가 깊은 명상에 잠겨 있었다. 마하카사파는 한눈에 그가 최상의 깨달음을 얻은 사람이라는 사실을 알 수 있었다. 마하카사파는 그 남자에게 무릎을 꿇고 스승이 되어줄 것을 간청했다. 그 남자는 바로 붓다였다.

붓다 역시 마하카사파를 보고 한 눈에 그가 자신의 중요한 제자 가운데 한 사람이 될 것을 알아차렸다. 붓다는 그 자리에서 마하카사파를 제자로 받아들이고 가르침을 펴기 시작했다. 가르침은 일주일 동안 계속 되었다.

함께 라자가하로 돌아오는 길, 붓다가 잠시 나무 아래 쉬어가려고 하자 마하카사파는 자신이 입고 있던 비단옷을 벗어 바닥에 깔았다. 마하카사파는 비단옷을 붓다에게 바치고 그 대신 붓다의 낡은 옷을 받았다.

마하카사파는 붓다를 만난 이후 모든 욕심을 버리고 한결같이 검소하고 엄격한 생활을 실천했다. 마하카사파는 붓다가 세상을 떠난 후 승가를 이끌고, 아난다와 함께 붓다의 가르침을 기록하고 정리하는 일을 지휘했다.

고향으로 돌아오다

어느 날이었다. 붓다가 머무는 죽림정사에 손님이 찾아왔다. 붓다의 어린 시절 친구인 우다인과 마부 찬나였다. 붓다는 그들을 스스럼없이 반갑게 맞았다. 그러나 우다인은 이미 붓다가 된 어린 시절의 친구를 예전처럼 대할 수는 없었다. 우다인은 붓다에게 예를 표하고 찾아온 용건을 말했다.

"드디어 뜻하시던 대로 붓다가 되셨군요. 카필라 국의 사람들은 태자님이 붓다가 되셨다는 소식을 듣고 얼마나 기뻐했는지 모릅니다. 특히 숫도다나 왕과 마하파자파티 왕비의 기쁨은 어떻게 말로 표현할 수 없을 만큼 컸습니다. 야쇼다라 태자비와 라훌라 왕자도 태자님을 자랑스러워합니다. 이제 뜻한 바도 이루셨으니, 고향을 한번 방문해 주시는 것이 어떨는지요."

"먼저 떠나거라. 그대가 카필라 국에 도착하고나서 이레 뒤에 붓다가 도착할 것이다."

붓다는 이미 계획을 세우고 있었던 것처럼 순순히 우다인의 요구를 들어주었다.

찬나가 붓다의 앞에 나서며 말했다. 그의 눈은 반가움으로 어느새 눈물이 그렁그렁 맺혀 있었다.

"태자님, 말을 몰고 왔습니다. 말을 태워 모시고 가게 해 주세요."

"찬나야, 잘 있었느냐. 붓다는 제자들과 함께 걸어서 갈 것이다."

우다인과 찬나가 돌아간 후 붓다는 1,250명의 제자들과 함께 카필라 국으로 길을 떠났다. 라자가하에서 카필라 국까지는 두 달을 꼬박 걸어야 닿을 수 있는 거리였다. 붓다는 카필라 국에 도착해서 곧바로 왕궁에 들어가지 않고 성문 밖 니 그로다 숲으로 향했다.

다음날 아침 숫도다나 왕은 붓다 일행을 위해 성대한 잔치를 마련했다. 그 런데 해가 중천에 떠오르도록 붓다의 일행 누구도 왕궁에 나타나지 않았다. 기 다리다 지친 숫도다나 왕은 할 수 없이 신하들을 이끌고 니그로다 숲으로 찾아 갔다.

숫도다나 왕은 성 안 거리를 지나가다 마차를 멈추었다. 그 거리의 한 가운데 꿈에서도 그리던 아들이 서 있었기 때문이었다. 그러나 8년 만에 아들을 만난 기 쁨도 잠시, 숫도다나 왕은 실망감을 감출 수 없었다.

모든 사람들의 존경을 받는 붓다가 된 아들의 모습과 행동 때문이었다. 옷차 림새는 남루하기 짝이 없었고 신발도 없이 맨발이었다. 숫도다나 왕을 더욱 놀라 게 한 것은 진흙으로 만든 그릇을 들고 집집마다 돌아다니며 탁발을 한다는 사실 이었다.

숫도다나 왕은 마차에서 내려 아들에게 다가가 소리쳤다.

"전륜성왕이 됐어야 할 네가 이런 모습으로 나타나다니, 도대체 어찌 된 일이 냐? 왕궁에 너와 너의 제자들을 위해 성대한 잔치를 준비해 두었는데, 꼭 이렇게 백성들에게 밥을 얻으러 다녀야겠느냐? 아비를 이렇게 창피하게 만들어도 되는 거냐?"

"저는 결코 아버님을 창피하게 만들려고 이러는 것이 아닙니다. 밥을 얻어먹 는 것은 우리 사문들의 오랜 전통이기 때문에 그렇게 한 것입니다."

"너는 크샤트리아가 아니냐?"

"저는 이제 크샤트리아가 아니라 붓다입니다."

"……."

숯도다나 왕은 자신의 생각이 짧았음을 깨달았다. 이미 싯다르타는 자신의 아들이기 이전에 진리를 깨달은 붓다였다. 그리고 모든 사람을 깨달음으로 이끄는 큰 스승이었다. 숯도다나 왕은 붓다를 향해 두 손을 모아 예를 표시했다. 숯도다나 왕은 붓다에게 다음 날 아침 식사엔 꼭 참석해 줄 것을 다짐받고 헤어졌다.

누구보다 붓다를 기다린 사람은 야쇼다라 태자비였을 것이다. 그러나 야쇼다라는 붓다가 카필라 국에 당도한 날에도, 다음날 숯도다나 왕의 초청으로 붓다가 참석한 아침 식사 자리에도 얼굴을 보이지 않았다. 야쇼다라는 자기 방에서 조용히 앉아 있었다.

아침 식사를 마친 붓다는 숫도다나 왕의 손에 이끌려 야쇼다라의 방 앞에 이르렀다. 숫도다나 왕은 낮은 목소리로 아들에게 말했다.

"들어가 보세요. 야쇼다라 태자비는 붓다가 떠난 후 붓다가 거친 옷을 입는다는 소식을 들으면 함께 거친 옷을 입고, 식사를 제대로 하지 않으면 함께 식사를 거르고, 맨땅에서 잔다는 소리를 들으면 침대에서 내려와 바닥에서 잠을 잤습니다."

밖에서 숫도다나 왕이 아들인 붓다에게 말하는 소리가 들리자, 야쇼다라는 지금껏 참고 참았던 울음을 쏟아내기 시작했다. 그러나 울음소리가 바깥에까지 들리지 않게 하려고 얼굴을 침대에 파묻으며 흐느꼈다.

붓다는 야쇼다라의 방으로 들어갔다. 그러자 야쇼다라가 붓다의 두 발에 얼굴을 묻고 소리 내어 울기 시작했다. 붓다는 묵묵히 그 울음을 받아내며 서 있었다. 어떤 말도, 어떤 위로도 해 줄 수 없었다. 그저 야쇼다라가 슬픔을 다 쏟아낼 때까지 기다리는 것 외엔.

얼마 뒤 붓다에게 한 어린아이가 찾아왔다. 출가하기 전 낳은 아들 라훌라였다. 붓다는 8년 만에 아들을 마주한 것이다. 라훌라는 붓다를 찾아온 까닭을 이렇게 말했다.

"어머니께서 아버지를 찾아가면 저에게 아주 중요한 것을 물려주실 거라고 해서 왔습니다."

붓다는 라훌라를 한참 바라본 뒤 니그로다 숲을 향해 걸어갔다. 라훌라는 붓다를 따라 니그로다 숲까지 따라왔다. 붓다는 사리풋타에게 말했다.

"저 아이를 출가시켜라."

이렇게 해서 라훌라는 역사상 최초의 사미(아직 스무 살이 되지 않은 나이에 출가한 남자 수행자. 여자 수행자는 사미니)가 되었다.

훗날 라훌라는 너무 어린 나이에 출가를 한 탓인지, 붓다의 외동아들이라는 자만심 때문인지 경솔하게 행동하고 온갖 말썽을 피워 승가의 골칫덩어리가 되었다.

어느 날 붓다는 라훌라에게 발을 씻어달라고 말한 뒤 이렇게 물었다.

"이 물을 마실 수 있겠느냐?"

"마실 수 없습니다. 갖다버려야 합니다."

"맞다. 더러워진 물은 다시 쓸 수 없다."

붓다는 라훌라에게 물을 갖다버리라고 말한 후 다시 물었다.

"여기에 음식을 담아 먹을 수 있겠느냐?"

"그릇이 더러워져 그럴 수 없습니다."

붓다는 그릇을 발로 걷어찬 뒤 물었다.

"저 그릇이 깨질까 걱정되느냐?"

"값이 싼 물건이라 걱정되지 않습니다."

"그렇다. 네가 계속 함부로 행동하고 거친 말로 남을 헐뜯는다면 사람들이 너를 더러워진 물이나 그 물을 담은 그릇처럼 여길 것이다."

라훌라는 붓다의 말씀을 듣고 크게 뉘우쳤다. 그리고 그날 이후 180도 달라졌다. 남몰래 좋은 일을 많이 하고 열심히 수행하여 행동을 삼가고 힘껏 정진하고 계율의 세밀한 부분까지 원칙대로 실천하여 붓다의 10대 제자 중의 한 분이되었다.

붓다는 라훌라에 앞서 이복동생인 난다도 설득시켜 출가를 시켰다. 숫도다나 왕은 이러다가 자칫 카필라 국 왕족의 대가 끊길지도 모른다고 걱정했다. 그래서 "사캬 족의 각 가정에서 한 사람만 출가하라. 외아들은 출가할 수 없다."는 규정까지 세워 공표하였다. 그러나 붓다는 사캬 족 청년들의 출가를 적극 권장했다.

붓다는 카필라 성에서 여드레를 머물고 아누피야 숲으로 옮겨 왔다. 아누피야는 붓다가 처음 출가할 당시에 머물렀던 숲이었다. 감회가 새로웠다.

어느 날 사캬 족 출신의 왕자인 아누룻다, 아난다, 데바다타가 이발사 우팔리와 함께 찾아왔다. 그들은 붓다에게 제자로 받아달라고 요청했다. 이들의 머리를 깎아주기 위해 따라온 우팔리도 붓다의 제자가 되고 싶다고 간청했다. 붓다는 먼저 우팔리를 출가시키고 사캬 족의 왕자들을 제자로 받아들였다.

아누룻다는 처음엔 수행에 게으름을 피웠으나 부처님의 훈계를 받은 다음부터 잠을 자지 않고 수행을 하였다. 그 때문에 그만 시력을 잃었지만 마음으로 모든 것을 보는 신통력을 갖게 되었다. 아누룻다는 붓다의 10대 제자 중의 한 분이 되었다.

아난다는 제자들의 추천을 받아 붓다를 곁에서 모시는 시자 역할을 맡았다. 때문에 아난다는 제자들 가운데 붓다의 설법을 가장 많이 들었다. 아난다 역시 붓다의 10대 제자 중의 한 분이 되었다. 그는 비상한 기억력으로 붓다의 말씀을 거의 외우고 있었다. 붓다의 사후 경전을 펴낼 때 가장 중요한 역할을 해냈다.

부처님의 사촌동생인 데바다타는 어렸을 때부터 무술, 학문 등 모든 분야에서 탁월했던 붓다를 시기 질투하였다. 출가해서는 붓다처럼 진리를 깨닫기 위해 노력했고 어느 정도 신통력도 있었다. 그러나 붓다가 연로해지자 교단을 통솔할 수 있게 해달라고 떼를 썼다. 붓다가 거절하자 앙심을 품고 여러 차례 해코지를 시도하였다. 하지만 그의 시도는 모두 다 실패했고, 결국 데바다타는 자신을 따르는 추종자에게 맞은 것이 큰 병이 되어 비참하게 죽었다.

우팔리는 천민 출신의 이발사였지만 출가한 뒤 계율을 가장 잘 지키고 열심히 수행하여 붓다의 10대 제자 중의 한 분이 되었다. 우팔리는 붓다가 반열반(다시 태

어나는 일이 없는 완전한 깨달음)에 든 뒤 제자들이 경전을 결집할 때 계율을 정리하는
역할을 맡았다.

한편 붓다의 나이 서른아홉이 되던 해 숫도다나 왕은 세상을 떠났다. 붓다는
숫도다나 왕의 임종을 지키며 부왕이 다음 생에서 반드시 완전한 깨달음을 얻게
되기를 기원했다.

숫도다나 왕의 다비식(시체를 화장하여 그 유골을 거두는 의식)을 마친 뒤 마하파자파
티 왕비는 오백 명의 여인을 이끌고 붓다에게 출가했다. 처음에 붓다는 여인들의
출가를 반대했지만 아난다의 간청을 받아들여 출가를 허락했다. 이로써 마하파자
파티는 최초의 비구니(출가한 여자 수행자)가 되었다. 그때 야쇼다라 역시 그 여인들
과 함께 출가해 비구니가 되었다.

가난한 사람들, 불행한 사람들의 친구

붓다는 깨달음을 나누기 위해 인도의 여러 도시를 쉬지 않고 다녔다. 특히 라자가하의 죽림정사와 사밧티(사위성)의 기원정사를 중심으로 많은 가르침을 펼쳤다. 또한 인도 북부 대부분의 지역을 다니며 사람들을 만나고 진리를 설법했다. 진리를 나눠주기 위한 붓다의 전도 여행은 깨달음을 얻은 이후 45년간 이어졌다. 붓다는 가난하고 불행한 사람들의 좋은 친구였다. 붓다는 그들을 사랑했으며 그들이 고통과 슬픔에서 벗어나도록 많은 노력을 기울였다. 붓다는 그 사람이 처한 입장과 그 사람이 준비된 마음상태에 맞게 다양한 방법으로 깨달음을 전했다.

어느 날 붓다의 옷이 나뭇가지에 걸려 찢어졌다. 그것을 본 제자들이 붓다의 옷을 서로 깁겠다며 벗어달라고 말했다. 그러나 붓다는 제자들의 요청을 거절하고 찢어진 옷을 입은 채 탁발을 하기 위해 거리로 나갔다.

그날따라 붓다는 살림이 넉넉한 동네를 그냥 지나치고 굳이 가난한 동네를 선택했다. 제자들은 붓다의 행동이 의아스러웠지만 잠자코 뒤를 따랐다. 붓다는 가난한 동네에서도 가장 못사는 한 여자의 집 앞에 섰다. 그 여자는 붓다에게 드릴 수 있는 음식이 없는 것을 미안해했다. 하지만 그 여자의 표정이 금세 환해졌다. 그 여자는 붓다의 옷이 찢어진 것을 발견하고 그 옷을 꿰매겠다고 말씀드렸다. 붓다가 옷을 벗어주자 그 여자는 마침 갖고 있던 실과 바늘로 붓다의 옷을 꿰매었다. 다 꿰맨 옷을 건네주는 그 여자의 표정이 그렇게 평온하고 행복해보일 수가 없었다. 그제서야 비로소 제자들은 붓다가 왜 자신들의 요청을 거절하고 이 가난한 여자에게 바느질을 맡겼는지, 그 이유를 알게 되었다.

이런 일도 있었다. 붓다가 기원정사에 머물 때였다. 어느 날 한 여인이 울부짖으며 붓다를 찾아왔다. 그녀에게는 삼대독자가 있었는데, 아기가 그만 죽고 말았던 것이다. 여인은 붓다에게 찾아가 죽은 아기를 살려낼 수 있는 방법을 가르쳐 달라고 애원했다. 붓다는 여인에게 말했다.

"지금 마을의 모든 집을 방문해 사람이 죽은 일이 없는 집을 찾아내시오. 그 집에서 겨자씨를 얻어 내게 갖고 오시오. 그러면 방법을 알려주겠소."

여인은 온 동네를 돌아다니며 사람이 죽은 일이 없는 집을 찾았다. 그러나 그런 집은 없었다. 여인은 멀리 떨어진 다른 동네까지 돌아다니며 수소문했으나 허탕을 칠 수밖에 없었다. 빈손으로 돌아온 여인에게 붓다가 물었다.

"겨자씨를 얻었소?"

여인은 비로소 붓다가 무엇을 깨닫게 하려는지 알 수 있었다. 여인은 삼대독자를 잃은 슬픔을 이겨내고 붓다의 제자가 되었다.

당시 인도 사회는 카스트라는 계급제도에 따라 신분이 나눠졌다. 천민은 도저히 말할 수 없을 정도로 천대받았다. 그러나 붓다는 계급을 넘어서 모든 사람을 평등하게 대했다. 그래서 붓다의 제자 가운데에는 천민 출신도 있었다.

하루는 붓다가 탁발을 하러 돌아다닐 때 남의 집 변소에서 똥을 푸는 사람을 만났다. 그는 똥물이 가득 담긴 똥지게를 메고 가다 붓다를 만나자 당황해 황급히 옆으로 비켜서려고 했다. 그런데 그만 발을 헛디뎌 넘어지면서 똥지게를 바닥에

내동댕이치고 말았다. 똥통은 박살나고 똥물은 사방으로 튀어 붓다의 옷에까지 묻게 되었다. 그는 너무나 죄송스러워 땅바닥에 무릎을 꿇고 두 손을 싹싹 빌며 용서를 구했다.

붓다는 그의 손을 잡아 일으켜 세웠다. 그리고 그를 강으로 데려갔다. 붓다는 그와 함께 똥물로 더러워진 몸과 옷을 씻으려고 했다. 그러나 그는 천민이 붓다와 함께 목욕을 할 수는 없다며 강물에 들어가려고 하지 않았다. 그래도 붓다는 그의 손을 잡아 강물로 이끌고 그의 등을 손수 씻어주었다.

붓다는 그에게 말했다.

"그대는 똥을 푸는 사람이지만 마음은 누구보다도 향기롭구나. 붓다의 제자가 되고 싶지 않느냐?"

"저처럼 천한 것이 어떻게 붓다의 제자가 되겠습니까?"

"바다가 모든 강물을 받아들이듯 깨달음의 진리는 사람을 가리지 않는 법이다."

"정말 그렇다면 출가해 제자가 되고 싶습니다."

이렇게 그는 똥 푸는 천민에서 붓다의 제자가 되었다.

어느 날 사밧티에 떠들썩한 축제가 벌어졌다. 코살라 국의 파세나디 왕이 붓다와 비구들에게 옷과 음식을 바치고 수만 개의 등불을 밝혀 붓다와 붓다의 가르침을 찬양하는 연등회 행사였다. 사람들은 저마다 붓다의 공덕을 기리고 자신의 소원을 빌기 위해 기름을 사서 등불을 밝혔다.

한 여인이 지나가다 아름다운 연등회 풍경을 보았다. 그 여인은 남의 집 허드렛일로 겨우 입에 풀칠을 하며 목숨을 이어갈 만큼 가난했다. 하지만 여인은 등불 하나라도 정성껏 켜서 붓다에게 바치고 싶었다. 다음 날 여인은 허드렛일을

해 준 집 주인에게 음식 대신 돈으로 달라고 부탁했다. 주인은 여인에게 동전 두 닢을 주었다. 여인은 하루 종일 아무 것도 먹지 않았지만 기름을 살 수 있다는 희망에 부풀어 배가 고픈 줄도 몰랐다. 여인은 그 돈으로 기름을 샀다. 기름집 주인은 여인의 이야기에 감동을 받아 양을 넉넉하게 주었다. 여인은 드디어 기름을 등잔에 부어 등불을 켰다. 붓다가 다니는 길목에 등불을 걸었다. 여인은 보잘 것 없는 등불을 밝혔지만 다음 생에는 꼭 진리를 깨닫는 사람이 되게 해 달라고 빌었다. 밤이 깊어 등불이 하나둘씩 사위어갔다. 거의 모든 등불이 꺼져버렸다. 그러나 여인의 등불은 마지막까지 꺼지지 않고 밝게 빛을 뿜고 있었다. 아난다는 등불이 꺼지지 않으면 붓다가 잠자리에 들지 않는다는 것을 알고 마지막 등불을 끄기 위해 혹 불었다. 그런데 아무리 불어도 꺼지지 않았다. 바람이 세차게 불어도 여인의 등불은 꺼지지 않았다. 그 모습을 지켜본 붓다가 아난다를 말렸다. 붓다는 아난다에게 말했다.

"가난한 여인이 켠 저 등불은 결코 꺼지지 않을 것이다."

붓다는 가난한 여인의 등불 한 개가 부자의 등불 만 개 못지않게 소중하다고 하였다. 붓다는 이 여인의 정성을 갸륵하게 여기고 이 여인을 비구니 제자로 받아들였다.

붓다는 제자들에게도 따뜻한 스승이었다. 어느 날 제자들이 묵는 방을 둘러보다 이질에 걸린 비구를 발견했다. 그런데 다른 비구들이 수행에만 열심일 뿐 병에 걸린 비구를 돌보는 사람이 없었다. 그 비구는 배가 아프고 수시로 설사와 구토가 나왔지만 다른 비구들에게 방해가 될까 봐 신음 소리조차 크게 내지 못했다. 때때로 열이 올라 헛소리를 할 때도 있었다. 붓다는 손수 비구를 목욕시켰다. 그런 다음 깨끗한 자리에 눕히고 이질에 좋은 약을 지어 먹였다.

붓다는 함께 있는 비구들을 불러 모아 이렇게 이야기했다.

"우리는 돌보아줄 어머니도, 아내도 없는 사람들이다. 아플 때 서로 돌보지 않는다면 누가 그대들을 돌보겠는가? 함께 방을 쓰는 사람들이 먼저 돌보고 그것이 어렵다면 승가 전체가 나서서 돌봐야 한다."

붓다 역시 배고프면 탁발을 하고 몸이 아프면 허리를 펴고 드러눕는 평범한 인간의 모습이었다. 붓다는 이렇게 인간적인 모습으로 제자들을 가르치고 사람들을 만났다.

붓다는 도저히 용서할 수 없는 사람들까지도 품에 안아 깨달음을 주었다.

어느 날 사밧티에 '앙굴리 말라'라는 살인마가 나타났다. 그는 닥치는 대로 사람을 죽였으며 손가락을 잘라 목걸이를 만들었다. 그는 원래 장래가 촉망되는 젊은이였다. 그가 이토록 끔찍한 살인마가 된 데는 나름의 까닭이 있었다.

어느 날 앙굴리 말라의 스승이 외출을 하자 스승의 아내가 앙굴리 말라를 유혹했다. 앙굴리 말라가 그 유혹을 거부하자 모멸감을 느낀 스승의 아내는 남편에게 거짓말을 했다. 앙굴리 말라가 자신을 해치려고 했다고 모함을 하였다.

스승은 아내의 말을 그대로 믿고 앙굴리 말라를 파멸시켜야겠다고 마음먹었다. 스승은 앙굴리 말라에게 100명의 사람을 죽여 그 손가락으로 목걸이를 만들면 하늘나라에 갈 수 있다고 거짓된 가르침을 주었다. 앙굴리 말라의 무자비한 살인은 스승의 잘못된 가르침을 곧이곧대로 믿고 실행한 것이니, 잘못된 믿음이 얼마나 큰 재앙을 불러오는지 보여주는 사건이었다.

앙굴리 말라는 99명의 사람을 죽이고 100명 째를 채울 마지막 한 사람을 물색하고 있었다. 그때 앙굴리 말라의 어머니는 살인마가 된 자식을 말리기 위해 찾아다니다가 아들과 맞닥뜨리게 되었다. 이미 제정신을 잃은 앙굴리 말라는 어머니를 죽이면 자신의 목표가 이뤄지겠다는 생각밖에 하지 않았다. 앙굴리 말라는 어머니를 죽이기 위해 칼을 뽑아들었다. 그때 마침 붓다가 그 옆을 지나가고 있었다. 아무도 앙굴리 말라를 말리지 못하고 있는데 붓다가 나섰다. 앙굴리 말라는 붓다를 보자 어머니를 놔두고 붓다를 죽이려고 했다. 그런데 이상한 일이 벌어졌다. 앙굴리 말라가 온 힘을 다해 쫓아가는데도 천천히 걸어가는 붓다를 잡을 수 없었다. 앙굴리 말라가 소리쳤다.

"사문아, 거기 서라. 멈춰라."

"붓다는 멈추어 섰는데 그대는 멈추지 못하는구나. 그대는 거짓된 가르침에 속아 무고한 생명들을 죽였고 붓다까지 해치려는 마음을 멈추지 못했구나. 그러나 그대가 해치려고 해도 붓다는 이렇게 멈춰 서서 마음의 평온을 지키고 있다. 그대를 깨우치기 위해 이렇게 왔다."

붓다의 말을 들은 앙굴리 말라는 자신의 행동이 얼마나 어리석고 무모했던 것인지 벼락같은 깨달음으로 뉘우쳤다. 앙굴리 말라는 칼을 버리고 붓다 앞에 참회의 무릎을 꿇었다.

"저의 어리석음을 용서해 주십시오. 제게 가르침을 주십시오."

붓다는 앙굴리 말라를 제자로 받아들이고 그에게 여러 가지 가르침을 주었다. 앙굴리 말라는 탁발을 하러 갈 때마다 사람들에게 돌과 몽둥이로 얻어맞았지만 묵묵히 견뎌냈다. 자신이 저지른 죄에 대한 대가를 온전히 치러낸 것이다.

앙굴리 말라는 쉬지 않고 수행을 하여 마침내 아라한의 경지에 오르게 되었다.

태어난 것은 모두 사라진다

붓다의 나이 일흔여덟, 커다란 비극이 연이어 닥쳐왔다. 코살라 국의 새로운 국왕이 된 비두다바(비유리왕)가 붓다의 모국인 카필라 국을 침공했다. 붓다는 간곡하게 전쟁을 말렸지만 그는 사캬 족을 무참히 학살했으며 결국 카필라 국을 코살라 국에 합병시켰다. 붓다는 자신의 모국을 잃어버린 처량한 신세가 되었다.

비극은 연이어 발생했다. 붓다가 가장 아끼는 제자들인 사리풋타와 목갈라나가 잇달아 죽음을 맞이했다. 붓다는 이들을 먼저 떠나보낸 자신의 처지를 이렇게 비유했다.

"나는 이제 가지가 없는 큰 고목과 같이 되었다. 내가 지금 제자들을 살펴보니 텅 빈 것 같구나."

최초의 비구니였던 새어머니 마하파자파티도 사리풋타와 목갈라나의 뒤를 이어 세상을 뜨고 말았다.

붓다는 여든 살이 되던 해에 베살리의 벨루바 마을에 머물렀는데 큰 병에 걸려서 여러 차례 사경을 헤매었다. 붓다는 아난다의 시중을 받으며 겨우겨우 버텨 내고 있었다. 하루는 붓다가 아난다에게 말했다.

"비구들에게 가르침을 주지 않고 지내는 시간이 힘들구나."

"병환을 견디시는 것을 옆에서 보고 아무 것도 할 수 없는 제 스스로가 너무 답답했습니다. 하지만 붓다께서 제자들에게 중요한 당부를 하지 않고 그냥 떠나지는 않을 것이라 생각하니 한편으로 마음이 놓이기도 했습니다."

아난다의 말을 들은 붓다는 분명하게 매듭지을 일이 있다고 생각하고 말했다.

"아난다, 더 이상 붓다에게 무엇을 기대하느냐? 이제 손바닥 안에만 감춰두고 그대들에게 보이지 않은 것은 없다. 그대들에게 다 주었다. 이제 내 나이 여든. 낡은 수레가 가죽 끈에 매여 겨우 버텨내듯 내 몸은 늙고 병들었다. 이제 그대는 누구에게 의지하지 말라. 오직 스스로를 등불로 삼고 스스로에게 의지하라. 오직 진리를 등불로 삼고 진리에 의지하라. 그렇게 하는 사람만이 붓다의 참된 제자다."

붓다는 아난다를 시켜 베살리에 있는 비구들을 불러 모은 뒤 이렇게 말했다.

"태어난 것은 모두 사라지게 되어 있다. 붓다의 생도 얼마 남지 않았다. 석 달 후에 임종에 들 것이다. 그러니 그렇게 알고 열심히 수행하라."

붓다는 너무도 충격적인 선언을 아주 담담하고 짤막하게 제자들에게 알렸다. 제자들은 너무도 의연한 붓다의 태도에 압도되어 슬퍼하는 감정조차 드러낼 수 없었다. 다만 마음속으로 석 달 후의 그날이 오지 않기만을 바랄 뿐이었다.

그후 붓다는 계속해서 이동하면서 가르침을 설하고, 탁발을 나가기도 하는 등 평상시와 다름없이 생활했다.

그러던 어느 날 대장장이 아들 춘다의 집에 초대를 받았다. 춘다는 흰 쌀밥과 맛있는 음식을 한 상 차려 붓다에게 공양을 바쳤다. 특별히 붓다에게는 귀한 버섯으로 만든 요리를 올렸다. 그런데 춘다의 집에 다녀온 후 붓다는 피가 나오는 설사병에 걸렸다. 버섯 요리에 문제가 있었다. 붓다는 극심한 통증에 시달렸지만 말없이 참아냈다.

붓다는 아픈 상태로 쿠시나가라를 향해 길을 떠났다. 가는 길에 비구 한 사람이 붓다에게 물었다.

"붓다께서는 하늘 위 하늘 아래 가장 높은 깨달음을 얻으신 분인데 어찌 하늘나라의 신령스러운 약을 청하여 드시지 않습니까?"

"사람의 몸은 집과 다름이 없다. 기둥과 대들보가 썩고 지붕이 무너지면 붓다

라도 어찌 할 수 없는 것이다. 그러나 붓다의 마음은 깨달음을 얻어 땅 위에 놓인 주춧돌처럼 고요하고 평온하다.”

붓다는 쿠시나가라로 가는 동안 자신의 몸보다 춘다에 대한 걱정이 앞섰다. 자칫 춘다가 올린 버섯 요리 때문에 붓다가 큰 병을 얻었다고 사람들 사이에 알려질 것이 염려되었다. 사람들이 춘다에게 비난을 퍼붓는 것을 막아야겠다고 생각했다. 붓다는 아난다에게 신신당부를 했다.

“누군가 춘다 때문에 붓다가 열반에 들었다고 비난할지 모른다. 그러나 그것은 그렇지 않다. 춘다는 붓다가 열반에 들기 전 마지막 공양을 올린 것일 뿐이다. 그것은 붓다가 처음 깨달음을 얻었을 때 공양을 올린 것과 다름없다. 춘다는 말할 수 없이 큰 공덕을 쌓은 것이라고 전하여라.”

붓다는 쿠시나가라에 도착하자 사라 나무 숲으로 향했다. 두 그루의 사라 나무 사이에 자리를 펴고 머리를 북쪽으로 두고 누웠다. 붓다는 담담하게 자신의 최후를 준비하고 있었다. 그런데 어찌된 일인지 아난다의 모습이 보이지 않았다. 아난다는 한쪽에서 슬프게 울고 있었다. 25년 동안 모신 붓다를 떠나보내려고 하니 아무리 눈물을 참으려 해도 참을 수 없었다. 또 가장 가까이 붓다를 모시고도 아라한의 깨달음을 얻지 못한 자신이 서글펐다.

'붓다께서 떠나가시면 누가 가르침을 줄 것인가?'

붓다는 사람을 시켜 아난다를 불렀다.

“눈물을 그쳐라. 태어난 자는 사라지기 마련이고 사랑하는 사람과 헤어지기 마련이다. 그동안 고생이 참 많았구나. 너는 다른 사람이 갖지 못한 선하고 아름다운 마음을 갖고 있다. 붓다가 세상을 뜬 뒤에도 열심히 정진하면 반드시 아라한의 깨달음을 얻게 될 것이다.”

이 무렵 ‘수밧다’라는 떠돌이 수행자가 쿠시나가라를 지나가다 붓다의 임종이 가까웠다는 소식을 듣게 되었다. 그는 여러 스승을 만났지만 깨달음을 얻지 못했다. 그는 붓다라면 자기에게 진정한 깨달음을 줄지도 모른다는 생각이 들었다.

수밧다는 사라 나무 숲으로 찾아가 붓다를 만나게 해달라고 말했다. 아난다가 가로막았다. 임종을 앞둔 붓다를 괴롭힐 수는 없다고 판단한 것이다. 그러나 수밧다는 물러갈 기미를 보이지 않고 붓다를 한 번만 만나게 해달라고 끈질기게 졸라댔다.

그 소리가 붓다가 누워계신 자리에까지 들렸다. 붓다는 사람을 보내 수밧다를 들여보내라고 말했다. 수밧다는 붓다에게 진정한 깨달음에 대해서 물었다. 붓다는 사성제와 팔정도의 진리를 설해 주었다. 수밧다는 그 자리에서 붓다의 마지막 제자가 되었다.

붓다는 곧 반열반에 들 때가 왔음을 알아차렸다. 그리고 아난다를 비롯한 여러 비구들에게 마지막 유언을 남겼다.

"붓다는 비록 세상에서 사라지지만 붓다가 가르친 깨달음의 진리가 그대들의 스승이 될 것이다. 이 세상에 영원히 존재하는 것은 없다. 그대들에게 간곡하게 이른다. 게으르지 말라. 언제나 최선을 다해 노력하라. 그리하여 반드시 깨달음을 이루어라."

붓다는 마지막 유언을 남기고 반열반에 들었다. 그의 나이 여든 살, 붓다가 되어 깨달음의 진리를 나누기 시작한 지 45년 만에 드디어 위대한 한 인간의 장엄한 여행을 완성했다.

붓다는 나무 아래에서 태어나 나무 아래에서 깊은 잠에 들었다. 붓다는 아쇼카 나무 아래에서 태어나 잠부 나무 아래에서 처음 선정을 체험했고 망고 나무 아래에서 수행을 했으며 보리수 나무 아래에서 깨달음을 얻었고 사라 나무 아래에서 반열반에 들었다.

위대한 꿈을 가진 소년 싯다르타는 마침내 붓다의 꿈을 이뤄냈고 그 꿈을 세상 모든 사람들에게 아낌없이 나눠주었다. 그는 우리에게 모든 것을 아낌없이 주는 나무처럼 오늘도 모든 사람들의 마음속에 살아 있다.

우리가
꼭 알아야 할
불교 상식

우리는 왜 불교 상식을 알아야 할까요?

우리나라 사람이라면 불교를 믿든 안 믿든 신앙을 떠나서 기본적인 불교 상식을 꼭 아는 것이 좋습니다. 왜냐하면 불교는 우리 문화의 가장 커다란 주춧돌이요, 큰 물줄기이기 때문입니다. 약 1,700여 년 전 우리나라에 전해진 불교는 우리 민족 문화 발전의 원동력이 되었습니다. 학문, 사상, 문학, 예술, 군사, 건축, 풍습, 언어 등 모든 분야에 아주 지대한 영향을 미쳤습니다. 현재 남아 있는 유형문화재의 70~80%가 불교문화재라는 것도 이를 증명해 줍니다.

불교는 삼국시대, 통일신라시대, 고려시대에 국교로 정해져 찬란한 사상과 문화의 꽃을 피웠고, 나라가 위급한 상황에 처했을 때는 불심을 바탕으로 외적을 물리쳤습니다. 고려 때 몽골군의 침략을 막기 위하여 고려대장경을 만들었고, 유교를 신봉했던 조선시대에도 임진왜란이 일어나자 승병들이 궐기하여 왜적의 침략을 막아냈습니다. 이렇듯 불교는 우리 민족과 한 몸이 되어 성장하고 발전해 왔기 때문에 민족불교라고도 합니다.

21세기는 문화의 시대, 지식정보화의 시대, 글로벌 시대입니다. 우리가 지닌 빛나는 불교문화는 세계인들에게 가장 매력적인 한국의 모습으로 비쳐지고 있습니다. 특히 불교는 수행을 통해 부처님처럼 지혜롭고 자비로운 완벽한 사람이 될 수 있는 종교, 현대인이라면 누구나 겪고 있는 스트레스를 없애주고 마음의 평안을 주는 종교, 삶을 향상시켜 주는 수행의 종교라는 측면에서 세계인의 주목을 받고 있습니다.

불교, 특히 한국 불교를 알고 싶어 하는 세계의 친구들을 위해서라도 꼭 알아야 할 불교 상식은 익혀야 하지 않을까요?

불교는 어떤 종교일까요?

불교는 부처님(붓다)의 깨달음, 부처님의 가르침을 전하는 세계 4대 종교 중의 하나입니다. 불교는 고타마 싯다르타가 우주의 진리를 깨달은 다음 부처가 되어 많은 사람들에게 가르침을 전하면서 시작되었지요. 부처, 범어로 붓다는 깨달은 사람이라는 뜻입니다.

대부분의 종교는 절대적인 신을 믿고 따라야 구원받을 수 있다고 주장합니다. 하지만 불교는 사람이 스스로 어떻게 노력하느냐에 따라 그 사람과 그 사회의 운명이 결정된다고 말하고 있습니다. 부처님은 모든 사람들에게 부처가 될 수 있는 가능성이 있다고 했습니다. 불교는 세상 사람들에게 '부처가 될 수 있다'는 큰 꿈을 주고 그 꿈을 실현시킬 수 있도록 갖가지 수행법을 제시해 준 종교입니다.

불교에는 왜 여러 가지 이름의 부처님이 나올까요?

역사상 사람의 몸을 가지고 태어나신 부처님은 석가모니 부처님 한 사람입니다. 인간 싯다르타가 깨달음을 성취한 뒤 '석가족에서 나신 성인'이라는 뜻으로 석가모니 부처님으로 불렸습니다. 그런데 불교에서는 석가모니 부처님 외에도 많은 부처님이 있습니다.

1. 아미타불 : 극락세계에 있는 부처님
2. 비로자나불 : 진리 그 자체로서의 부처님
3. 미륵불 : 미래에 오실 희망의 부처님
4. 약사여래불 : 병이 낫도록 도와주는 부처님
5. 과거칠불 : 석가모니 부처님 이전에 세상에 출현했던 일곱 명의 부처. 비바시불, 시기불, 비사부불, 구류손불, 구나함모니불, 가섭불 연등불 등이 있다.

보살은 어떤 분들일까요?

보살은 범어 보디사트바(깨달은 존재)에서 비롯된 말입니다. 깨달음을 이루어 부처의 경지에 이르렀지만 중생을 제도하기 위해 중생과 함께 있는 분들입니다. 보살들은 위로는 지혜를 구하고 아래로는 중생들을 가르치는 분들입니다.

경전에는 아래와 같은 보살들이 자주 등장합니다.

1. 문수보살 : 최고의 지혜를 상징. 사자를 타고 있으며 번뇌를 자르는 상징으로 칼을 들고 있는 모습.
2. 보현보살 : 중생을 제도하는 일을 맡음. 코끼리를 타고 있는 모습.
3. 관세음보살 : 자비로 중생을 고통으로부터 구원하는 일을 맡음. 관음보살이라고도 함. 감로병과 함께 버드나무 혹은 연꽃을 들고 있는 모습. 머리에 쓰는 보관에 아미타 부처님을 모시고 있음.
4. 대세지보살 : 지혜의 빛으로 널리 중생을 비추어 큰 힘을 얻게 하는 역할. 정수리에 병을 이고 합장하는 모습.
5. 약사보살 : 병이 낫게 도와주며, 약이 들어있는 둥근 합(盒)을 들고 있음.
6. 지장보살 : 지옥 중생을 다 건질 때까지 성불하지 않겠다는 원력을 세움. 머리를 깎은 비구스님의 모습.

한편 우리나라에서는 여자신도를 보살이라고 부릅니다. 절을 보호한다는 의미에서 '보사님'이라고 하다가 보살로 변했다는 설이 있는데, 여자신도들의 지극한 신심은 불교를 발전시키는 데 큰 공헌을 했고, 늘 헌신적인 삶을 살아왔기에 보살이라는 칭호를 받게 되었을 것입니다.

육바라밀은 무엇인가요?

육바라밀은 보살이 깨달음을 이루고 자비로운 세상을 만들기 위하여 실천해야 할 여섯 가지 기본적 덕목입니다. 현대적 인간상으로 받아들여도 손색이 없을 만큼 실천 사항들이 구체적입니다.

1. 보시 : 아낌없이 베풀어 주는 것입니다. 보시에는 재물을 나누어주는 재보시, 두려움에 떠는 사람에게 희망을 주는 무외시, 부처님 말씀을 전해 주는 법보시가 있습니다. 가장 큰 보시는 법보시입니다.
2. 지계 : 부처님과의 약속을 지키는 것입니다. 부처님이 생존하셨던 당시에 문제가 생길 때마다 하나씩 둘씩 계율이 정해졌습니다. 생활 속에서 지켜야 할 자잘한 약속도 많지만, 불교신자라면 누구나 꼭 지켜야 할 다섯 가지 계율, 오계가 있습니다. 어린이 오계는 '산 생명을 죽이지 않겠습니다. 남의 물건을 훔치지 않겠습니다. 거짓말을 하지 않겠습니다. 친구들과 싸우지 않겠습니다. 스님과 부모님의 말씀을 잘 지키겠습니다.'입니다.
3. 인욕 : 잘 참는 것입니다. 안에서 일어나는 욕망이나 괴로움, 밖에서 가해지는 고통을 잘 참고 이해하는 것입니다.
4. 정진 : 끊임없이 노력하고 수행에 힘쓰는 것입니다. 정진하지 않으면 작은 것 하나도 성취하기 힘들고 앞으로 나아갈 수 없습니다. 부처님께서 남기신 마지막 가르침도 게으르지 말고 정진하라는 것이었습니다.
5. 선정 : 마음을 집중하여 흔들리지 않는 것을 말합니다. 마음에서 일어나는 것이나 밖에서 오는 충격에 마음이 흔들리지 않고 깊은 본래의 마음에 들어가는 것을 뜻합니다.

6. 지혜 : 어리석은 마음이 사라져야 세상을 바르게
   볼 수 있는 것입니다. 지혜를 갖추면 바르게 실천
   할 수 있고 바른 실천을 통해 우리의 마음도 행복
   해지고 우리가 살아가는 세상도 평화로워집니다.

삼보는 무엇일까요?

삼보, 즉 세 가지 보배는 불·법·승을 가리킵니다. 불
은 부처님, 법은 부처님이 가르친 진리, 승은 가르침을
믿고 실천하는 스님들을 뜻합니다.

삼보는 불교가 성립하기 위한 가장 기본적인 요소이고
불교신자들의 신앙 대상이기도 합니다. 불교에서는 모
든 의식에서 삼보에 의지하고 따르겠다는 뜻으로 가장
먼저 삼귀의례를 합니다. 삼보를 믿고 의지한다는 것
은 불교신자가 되겠다는 약속이라 할 수 있습니다.

팔상성도는 무엇일까요?

팔상성도는 깨달음을 이루신 석가모니 부처님의 생애
를 여덟 가지로 보여준 것입니다. 아주 중요한 내용이
라 절 법당의 벽화로도 많이 그려져 있고, 팔상전이라
는 전각을 따로 지어 팔상성도를 모셔놓은 절도 있습
니다.

1. 도솔래의상 : 도솔천에서 내려옴.
2. 비람강생상 : 룸비니 동산에서 태어남.
3. 사문유관상 : 동서남북 네 성문 밖에서 노인, 병자,
   죽은 사람을 슬퍼하며 보내는 장례 행렬, 수행자를
   싯다르타 태자가 각각 만나는 모습. 이를 통해 나
   고 늙고 병들고 죽는 괴로움에 대해 깊이 고민하던
   싯다르타 태자는 깨달음을 이루어 모든 중생들이
   괴로움에서 벗어나 행복하게 해 주겠다는 결심을

합니다.
4. 유성출가상 : 궁궐의 성문을 뛰어넘어 출가함.
5. 설산수도상 : 히말라야 산에서 6년간 고행.
6. 수하항마상 : 보리수나무 아래에서 마왕 파피야스
   (파순)의 항복을 받고 큰 깨달음을 이룸.
7. 녹원전법상 : 녹야원에서 다섯 비구에게 처음으로
   법을 전함.
8. 쌍림열반상 : 쿠시나가라의 사라쌍수 숲에서 반열
   반에 듦.

부처님의 가르침을 알기 쉽게 표현해 놓은 경전이 있나요?

1. 자타카 : 고대 인도의 불교 설화집이며 본생경이라
   고 부르기도 합니다. 부처님이 석가족의 왕자 즉,
   고타마 싯다르타로 태어나기 전까지의 전생 이야기
   를 모아 두었습니다. 하늘사람·국왕·대신·부자·서
   민·도둑 또는 코끼리·원숭이·공작·물고기 등의
   생을 거치면서 행한 착한 공덕에 관한 547종의 일
   화와 우화가 있습니다. 자타카는 불교적 교훈을 쉽
   게 알려주기 위해 사용되었습니다.
2. 수타니파타 : 불경 중 가장 먼저 만들어진 경으로 초
   기 경전을 대표합니다. 수타니파타는 부처님의 말씀
   을 모아놓은 것이라는 뜻입니다. 부처님을 역사적 인
   물로 이해하는 데 중요한 경전입니다. 초기 경전인
   만큼 후대 사람들의 생각이 덧붙지 않아 부처님이
   말씀한 내용이 가장 생생하게 담겨 있다고 평가받고
   있습니다.
3. 백유경 : 5세기경 인도 승려 상가세나가 저술한 책
   을 그의 제자 구나브리티가 492년에 한문으로 번
   역한 책입니다. 설화와 떠도는 이야기 98가지를 모

아 만든 이 책은 일반 대중이 불교의 교훈을 쉽게 이해하고 얻을 수 있게 합니다. 백유경은 특히 불교를 모르는 사람에게 불교에 대한 궁금증(의심)을 풀어주는 이야기가 많이 있습니다.

■ 부처님의 십대제자는 누구일까요?

부처님의 제자 중 수행과 지혜가 남다른 열 명의 제자를 이르는 말입니다. 십대제자는 사리불(사리풋타), 목건련(목갈라나), 가섭(카사파), 아나율(아누룻다), 수보리(수부티), 부루나(푸르나), 가전연(카타야나), 우바리(우팔리), 라훌라, 아난(아난다)이며 각각 뛰어난 재능을 가지고 있습니다.

1. 사리불 : 지혜제일. 목건련과 함께 산자야를 스승으로 섬기다가 부처님께 귀의했습니다. 자기 수행에 힘을 다하면서도 남을 교화하기 위해 노력했습니다. 종종 부처님 대신 설법을 할 정도로 부처님의 뜻을 잘 이해하고 있었습니다.

2. 목건련 : 신통제일. 신통력으로 지옥에서 고통 받는 어머니를 보고 부처님께 부탁하여 어머니를 구했다고 알려졌습니다. 목건련은 눈으로 볼 수 없는 것을 보았고 귀로 들을 수 없는 것을 들었으며 사람의 마음과 전생까지 알 수 있는 능력을 갖췄다고 합니다.

3. 가섭 : 두타제일. 욕심을 버리고 고행하는 수행인 두타행의 일인자입니다. 마하가섭이라고도 합니다. 부처님이 반열반에 든 후 교단을 통솔하였고 부처님의 말씀을 모으기 위해 500명의 장로를 모아 1차 경전결집을 주도하였습니다.

4. 아나율 : 천안제일. 부처님의 사촌동생으로 아난과 함께 출가하였습니다. 부처님이 설법할 때 졸다가 꾸중을 들은 후 밤잠을 자지 않고 수행하여 눈이 멀었으나 모든 것을 볼 수 있는 지혜의 눈인 천안을 얻었습니다.

5. 수보리 : 해공제일. 수보리는 원래 성을 잘 내는 성품을 지녔다고 합니다. 부처님의 제자가 되어 수행하면서 공(空)의 이치를 가장 잘 해석하였기 때문에 해공제일이라고 합니다.

6. 가전연 : 논의제일. 가전연은 뛰어난 말솜씨로 토론을 잘하는 제자입니다. 가전연은 외도(부처님 당시 불교와 다른 가르침을 따르는 사람들)와의 교리 논쟁에서 지는 법이 없었습니다. 아반티국 크샤트리아 출신으로 왕명을 받들어 부처님을 영접하러 왔다가 출가하였습니다.

7. 우바리 : 지계제일. 우바리는 천민 출신의 이발사였습니다. 당시 인도에서는 브라만이나 크샤트리아 계급만이 승려가 될 수 있었으나 부처님은 모든 것에 차별이 없다며 우바리의 출가를 허락하셨습니다. 계율을 잘 지켰기 때문에 지계제일의 칭호를 받았습니다.

8. 라훌라 : 밀행제일. 부처님의 친아들로 계율을 깨트리지 않고 남모르게 수행을 열심히 하여 밀행제일이라는 평가를 받았습니다.

9. 아난다 : 다문제일. 부처님의 사촌동생으로 25년 동안 부처님을 옆에서 모셨습니다. 부처님께 법문을 가장 많이 듣고 여쭈었다고 해서 다문제일이라고 합니다. 제1차 경전 결집을 할 당시 부처님에게 들은 것을 되살려 경전을 만드는 데 큰 공을 세웠습니다.

10. 부루나 : 설법제일. 부처님 당시 수로나국 사람이 가장 포악하다는 말을 들은 부루나는 수로나에 가서 500명을 설법으로 교화시키고 500개의 사원

을 세웠다고 합니다. 부루나는 설법을 빼어나게 잘해서 설법제일이라고 합니다.

■

부처님께서 맨 처음 녹야원에서 설법한 내용은 무엇인가요?

사성제(네 가지 성스러운 진리)와 팔정도(여덟 가지 바른 수행방법)를 말씀해 주셨습니다. 사성제와 팔정도는 부처님께서 우리를 진리로 이끌어 주기 위해 가르쳐 주신 불교의 근본적인 교리입니다.

1. 사성제
   고성제 : 괴로움에 대한 진리
   집성제 : 괴로움이 일어나는 원인에 대한 진리
   멸성제 : 괴로움의 소멸에 대한 진리
   도성제 : 괴로움의 소멸에 이르는 길에 대한 진리
   사성제를 깨달으면 모든 괴로움이 사라지고 늘 행복한 삶을 살아갈 수 있습니다.
2. 팔정도
   정견(바른 견해), 정사유(바른 생각), 정어(바른 말), 정업(바른 행동), 정명(바른 생활), 정정진(바른 노력), 정념(바른 마음 챙김), 정정(바른 마음 집중).
   도성제를 구체적으로 실천하는 방법인 팔정도는 우리들이 가장 올바른 삶에 이르는 여덟 가지 길입니다.

■

연기법(인연법)은 무엇인가요?

부처님이 깨달으신 것 가운데 중요한 진리는 "모든 것은 연기(緣起)한다."는 것입니다. 쉽게 얘기하면, 이 세상 모든 것이 서로 서로 의지해서 존재한다는 것입니다. 생일파티에서 촛불을 켤 때 초만 있어도 안 되고 불을 붙이는 성냥이나 라이터만 있어도 안 됩니다. 공기도 있어야 하고 촛불을 켜는 사람도 있어야 합니다. 촛불을 켜는 작은 일 하나도 이 세상의 모든 것이 서로서로 돕고 의지해야만 이루어지는 것이지요.

연기법을 알면 내가 소중하듯이 상대방도 소중하고 동물을 비롯한 살아 있는 모든 것이 다 소중하다는 것을 알게 되고 존중하게 됩니다. 사람들이 모두 이런 마음을 가지면 평화롭고 행복한 세상이 되겠지요.

■

사법인은 무엇인가요?

사법인은 우주와 사람의 본질을 정확하게 알고 고통으로부터 벗어나 깨달음을 얻기 위한 근본이 되는 진리를 말합니다. 제행무상, 제법무아, 일체개고, 열반적정입니다.

1. 제행무상 : 우주의 모든 사물은 고정되지 않고 늘 변화한다.
2. 제법무아 : 세상에 존재하는 모든 것은 변화하고 서로 인연에 따라 생겼다 사라지기 때문에 변하지 않는 고정된 실체란 없다.
3. 일체개고 : 변화와 실체가 없음을 깨닫지 못한다면 집착과 어리석음에 빠져 고통스러운 삶을 살 수밖에 없다.
4. 열반적정 : 깨달음의 경지는 집착과 어리석음을 벗어나 고요하고 평화롭다.

■

사무량심은 무엇인가요?

자비희사, 자는 보살피는 마음, 비는 가엾이 여기는 마음, 희는 다른 사람의 즐거움을 함께 기뻐하는 마음, 사는 평등하게 사랑하는 마음입니다.

윤회란 무엇인가요?

윤회란 태어나고 죽는 것이 되풀이되어 수레바퀴처럼 삶과 죽음이 반복한다는 뜻입니다. 좋은 행위, 나쁜 행위에 따라 지옥·아귀·축생·아수라·인간·천상 등 여섯 개의 세계에 태어나는데, 이 여섯 가지 세계를 윤회하는 것을 육도윤회라고 합니다.

불교의 대표적인 수행법은 무엇인가요?

1. 참선 : 참선은 선(禪)에 깊이 들어간다는 뜻으로 바깥으로 달아나는 마음을 한 곳으로 모으는 수행입니다. 참선을 계속하면 집중력이 생깁니다. 참선의 대표적인 형태는 앉아서 하는 좌선인데, 결가부좌와 반가부좌가 있습니다. 결가부좌는 오른쪽 다리를 왼쪽 허벅지에 올려놓고, 왼쪽 다리를 오른쪽 허벅지에 올려놓은 자세입니다. 반가부좌는 왼쪽 다리를 오른쪽 다리 위에 올려놓거나(항마좌), 오른쪽 다리를 왼쪽 다리 위에 올려놓은(길상좌) 자세입니다.

2. 염불 : 염불은 '관세음보살', '석가모니불' 등 불보살의 이름을 입이나 마음으로 말함으로써 부처님의 마음을 자신의 마음에 가득 채우는 것을 말합니다. 종류에는 불보살을 마음에 그려보는 관상염불, 불보살의 이름을 부르며 귀로 듣는 칭명염불이 있습니다. 염불을 하고 있는 동안에는 자신이 입이나 마음으로 부르는 불보살의 이름을 항상 들으려 함으로써 정신을 모으고 흐트러짐이 없는 상태를 유지해야 합니다.

3. 주력 : 주력은 "말이 씨가 된다."는 속담처럼 말이 현실이 된다는 믿음을 가지고 하는 수행입니다. 부처님의 깨달음과 서원이 담긴 말을 진언이라 부르는데, 이 진언을 외움으로써 진언이 현실이 되게끔 노력하는 것입니다. 진언을 외울 때는 외우는 진언에 담긴 불보살의 뜻을 마음에 새기고 외우는 진언을 귀로도 계속 들으려 노력해야 합니다.

4. 간경 : 간경은 경전을 읽는다는 뜻으로 독경, 전경, 풍경이라고도 합니다. 눈으로 읽었을 때는 간경, 입으로 읽었을 때는 독경, 경전의 뜻을 마음에 되새기는 것을 전경, 경전을 안 보고 외우거나 경전을 노래하듯 읊는 것을 풍경이라고 합니다. 경전의 내용을 자기 것으로 하기 위해 하는 수행법으로, 부처님의 뜻을 항상 마음에 담아둠으로써 평소 부처님의 가르침을 자연스럽게 실천하게끔 합니다.

5. 절 : 불교에서 절은 스스로를 낮추는 하심을 위한 수행법의 하나이며 불교의식에서 자주 행해집니다. 108배, 1,080배, 3,000배는 수행, 기도, 참회의 목적을 가지고 행해집니다. 절의 종류에는 흔히 합장을 하고 상체를 숙이는 반배, 두 팔꿈치와 두 무릎과 이마를 땅에 닿게 하는 큰절 오체투지, 절을 마치고 일어서기 전 부처님에 대한 지극한 마음으로 머리를 한 번 조아리는 고두례가 있습니다.

부처님께서 주로 머무신 장소는 어디인가요?

1. 죽림정사 : 죽림정사는 불교 최초의 절입니다. 부처님 생존 당시 마가다 국의 빔비사라 왕은 부처님이 깨달음을 얻기 전 부처님에게 완전한 깨달음을 얻거든 꼭 자신을 가르쳐 달라고 요청했습니다. 깨달음을 이룬 뒤 부처님은 이 약속을 지키기 위해 마가다 국 왕사성(라자가하)을 방문하여 설법하셨고, 큰 깨달음을 얻은 빔비사라 왕이 부처님과 제자들

의 수행을 위해 죽림정사를 지었습니다.

2. 사위성 : 사위성(사밧티)은 부처님 당시 마가다 국
   과 더불어 가장 세력이 강했던 코살라 국의 수도입
   니다. 사위성에는 부처님이 깨달음을 얻은 뒤 맞이
   한 마흔다섯 차례의 안거 중 약 절반을 머문 기원
   정사가 있습니다. 또한 사위성을 중심으로 중요한
   무역로가 있었기 때문에 부처님의 전법 활동도 이
   무역로를 중심으로 이루어졌다고 봅니다.

3. 기원정사 : 코살라 국의 수도 사위성에 위치한 절
   입니다. 사위성의 큰 부자였던 수닷타 장자가 왕사
   성의 숲에서 부처님을 뵙고 가르침을 받은 은혜에
   보답하기 위해 지었습니다. 수닷타 장자는 부처님
   께 자신이 부처님과 스님들을 위해 절을 지을 수
   있도록 네 번 거듭 청함으로써 기원정사 짓는 것을
   허락 받았습니다. 땅 주인인 제타 왕자를 설득하기
   위해 땅에 황금을 깐 일화는 아주 유명합니다.

우리나라에 불교가 들어온 것은 언제인가요?

불교는 삼국시대 때 우리나라에 전해졌습니다. 고구
려는 소수림왕 2년(AD 372), 백제는 침류왕 1년(AD
384), 신라는 법흥왕 14년(AD 527)에 정식으로 공
인되었습니다. 고구려, 백제, 신라는 불교를 받아들
이면서 국가의 기틀을 굳건히 세우고 찬란한 문화국
가로 발전할 수 있었습니다. 삼국시대의 불교문화는
이웃나라 일본에도 큰 영향을 미쳤습니다. 백제 성왕
은 재위 30년(AD 552)에 불상과 불경을 일본에 전
해 주었습니다. 고구려 담징은 일본의 대표적 전통사
찰인 법륭사 벽화를 그렸습니다. 신라의 금동미륵보
살반가상은 일본의 국보인 광륭사 미륵보살반가사유
상에 큰 영향을 주었습니다.

우리나라의 대표적인 스님은 어떤 분들이 있을까요?

1. 원광 법사(541~630?) : 신라 화랑도의 실천이념인
   세속오계(世俗五戒)를 지은 스님입니다. 원광 법사
   는 신라시대에 여래장사상을 들여와 "모든 중생에
   게 불성이 있다"는 새로운 불교사상을 보급한 업적
   이 있습니다.

2. 원효 대사(617~ 686) : 신라의 스님으로 의상 대사
   와 함께 당나라로 유학을 가다 간밤에 마신 물이
   해골에 고인 물이었음을 알고 깨달음을 얻었다는
   일화로 널리 알려져 있습니다. 본래 귀족과 밀접하
   게 연결된 교종 출신 승려였으나 "깨끗함도 더러움
   도 없고 모든 것은 마음에 달려 있다."는 깨달음으
   로 불교사상의 융합을 위해 노력했습니다. 이런 화
   쟁사상으로 귀족 중심의 불교를 대중화시킨 큰 공
   로를 남겨 한국 불교의 가장 위대한 승려 가운데
   한 사람으로 추앙받고 있습니다.
   요석 공주와의 사이에서 이두(한자의 음과 뜻을 빌
   려 우리말을 적은 표기법)를 만든 설총을 낳기도
   했습니다.

3. 의상 대사(625~702) : 원효 대사와 같은 시대의
   인물이며 통일되고 안정된 국가와 불교 발전을 위
   해 화엄사상을 펼쳤습니다. 의상 대사는 정치체제
   를 발전시킴으로써 대중을 위한 국가적 불교로 성
   장시키려 했습니다. 당나라에 유학해 화엄의 이치
   를 배웠고 태백산에 부석사를 창건해 화엄을 가르
   쳤습니다.

4. 지눌 대사(1158~1210) : 태고보우 국사와 함께 조
   계종의 중흥조 역할을 했으며 보조 국사라고도 합
   니다. 정혜결사를 통해 참선의 기풍을 새롭게 세웠
   습니다. 우리나라 불교에 선정과 지혜를 함께 추구

하는 수행법인 정혜쌍수를 정착시켰습니다.

5. 서산 대사(1520~1604) : 법명은 휴정, 서산 대사로 널리 알려져 있습니다. 임진왜란 당시 73세의 나이에도 불구하고 승병 1,500명을 이끌어 한양을 되찾는 데 큰 공을 세웠습니다. 또한 불교와 유교와 도교는 궁극적으로 일치한다고 주장함으로써 삼교통합론의 기원을 만들었습니다.

6. 사명 대사(1544~1610) : 법명인 유정보다 사명당으로 많이 알려져 있습니다. 임진왜란 때 서산 대사를 이어 승군을 통솔하여 평양을 찾는 데 큰 공을 세웠으며 당상(堂上)의 자리에 올랐습니다. 임진왜란 후 국서를 가지고 일본에 들어가 포로 3,500명을 데리고 오는 등 외교적으로 큰 공을 세웠습니다.

절(사찰)은 어떤 곳인가요?

절(사찰)은 부처님, 부처님의 가르침, 스님들, 불교를 믿고 수행하는 불자들, 즉 불교의 모든 것이 한자리에 모여 있는 곳입니다. 모든 절에는 부처님을 모신 건물과 부처님의 가르침이 있으며, 부처님의 가르침을 전해주고 수행하는 스님들과 배우고 실천하는 신도들이 있습니다. 예전부터 유명한 전통사찰은 건물도 많고 강원이나 선원, 율원 등이 있는 곳도 많습니다.

삼대사찰(삼보사찰)은 어디인가요?

1. 불보사찰 : 경남 양산 통도사. 자장 율사가 창건한 통도사는 부처님의 진신사리를 안치해 불보사찰이 되었습니다. 통도사는 계율의 근본도량이기도 합니다.

2. 법보사찰 : 경남 합천 해인사. 해인사에 있는 팔만대장경은 부처님의 가르침인 삼장(경장·율장·논장)을 집대성하고, 그 내용 또한 정확하여 우수성이 전 세계에 알려졌습니다. 유네스코는 1995년 팔만대장경을 석굴암, 종묘와 함께 세계문화유산으로 등재하였습니다.

3. 승보사찰 : 전남 순천 송광사. 보조 국사 지눌이 송광사에서 불교쇄신운동인 정혜결사를 하여 스님들이 치열하게 수행하는 사찰로 만들었습니다. 열여섯 분의 국사를 배출했으며 최근 입적하신 법정 스님이 수행한 곳이기도 합니다.

우리나라의 대표적인 불교종단은 대한불교조계종입니다. 조계종은 전국적으로 25교구본사가 중심이 되어 부처님의 가르침을 펴고 있습니다(조계사, 용주사, 신흥사, 월정사, 법주사, 마곡사, 수덕사, 직지사, 동화사, 은해사, 불국사, 해인사, 쌍계사, 범어사, 통도사, 고운사, 금산사, 백양사, 화엄사, 송광사, 대흥사, 관음사, 선운사, 봉선사, 군종교구). 이외에도 석굴암, 기림사, 보문사, 전등사, 고란사, 갑사, 내소사, 부석사, 칠불사, 운주사 등 유명한 사찰이 많습니다.

절에는 문이 왜 그렇게 많은가요?

큰절에는 일주문, 금강문, 천왕문, 불이문 등이 있는데, 문마다 아주 소중한 뜻이 담겨 있습니다.

1. 일주문 : 제일 처음에 들어가는 문입니다. 기둥이 한 줄로 있어서 일주문이라고 합니다. 절에 갈 때는 다른 마음은 다 놔두고 오직 부처님의 가르침을 향한 한 마음으로 들어가야 한다는 뜻입니다. 일주문에는 주로 사찰의 성격과 이름이 새겨진 현판이 걸려 있습니다.

2. 금강문 : 금강역사를 좌우로 모신 문입니다. 금강역
   사는 불교의 수호신으로 사찰의 문 양쪽을 지키는
   수문장의 역할을 합니다. 금강(다이아몬드)같이 견
   고한 마음으로 부처님의 가르침을 따르겠다는 약속
   을 하면서 들어가면 더 좋을 것입니다.
3. 천왕문 : 불법을 지켜주는 수호신인 사천왕이 모셔
   져 있는 문입니다. 사천왕은 동쪽을 지키는 지국천
   왕(칼을 들고 있음), 서쪽을 지키는 광목천왕(창과
   붉은색 동아줄을 쥐고 있음), 남쪽을 지키는 증장천
   왕(용과 여의주를 쥐고 있음), 북쪽을 지키는 다문
   천왕(비파를 들고 있음)입니다. 사천왕은 나쁜 마음
   은 버리고 오로지 맑고 향기로운 마음으로 부처님
   께 가라고 힘주어 말하는 듯합니다. 금강문이 없는
   절에는 천왕문 양 옆에 금강역사를 모시거나 벽면
   에 그려 모시기도 합니다.
4. 불이문 : 절의 본당에 들어가는 마지막 문입니다.
   이 문 안에 들어서면 부처와 중생, 삶과 죽음, 만남
   과 이별이 둘이 아니라는 이치를 깨닫게 된다는 뜻
   입니다. 그것을 깨달으면 모든 괴로움에서 해탈할
   수 있기 때문에 해탈문이라고도 합니다.

절에는 어떤 건축물이 있나요?

절에 있는 건축물은 모두 불교의 가르침을 담고 있습
니다. 우리 조상들은 불교 사상을 바탕으로 아름답고
조화롭게 건축물을 지었습니다. 건축물마다 모셔진 불
상이나 용도에 따라 이름이 다릅니다. 부처님과 보살
님들을 모셔놓은 곳은 전이라 하고, 그 외에 각, 당,
요사채, 큰방, 선방, 강당, 종무소, 후원(부엌), 창고, 수
각(물 마시는 곳), 해우소(화장실) 등이 있습니다. 대표
적인 건물을 살펴보면 이렇습니다.

1. 대웅전 : 석가모니 부처님을 주불로 모신 법당으로
   절의 중심 건축물입니다. 대웅이란 '세상을 밝히는
   위대한 영웅을 모신 곳'이라는 뜻입니다.
   법당에 들어가면 불상 위에 지붕 모양의 아름다운
   닷집이 있습니다. 닷집은 원래 궁궐의 임금이 앉았
   던 용상(龍床) 위에 설치하여 제왕의 권위를 상징하
   는 장식으로 집안의 집이라고 해서 닷집이라고 합
   니다. 부처님은 진리의 왕이기 때문에 불상 위에도
   닷집을 설치하게 된 것입니다. 또한 법당 처마 끝
   에 풍경(바람이 부는 대로 흔들려 소리가 나는 종)
   을 달아 놓아 법당을 지날 때마다 맑고 아름다운
   소리가 마음을 편안하게 해 줍니다.
2. 대적광전 : 진리의 법신 비로자나 부처님을 주불로
   모신 법당.
3. 극락전 : 극락정토를 다스리는 아미타 부처님을 주
   불로 모신 법당.
4. 미륵전 : 미래의 부처님이신 미륵 부처님을 주불로
   모신 법당.
5. 원통전 : 관세음보살을 모신 법당인데, 그 절의 중
   심 법당일 때 원통전이라고 합니다. 원통전은 관세
   음보살이 모든 곳에서 두루 통하여 우리들의 고통
   을 없애준다 하여 붙여진 이름입니다. 만일 그 절
   에 대웅전, 대적광전 등 중심 법당이 따로 있을 때
   는 관음전이라고 합니다.
6. 약사전 : 약사여래를 주불로 모신 법당. 만월보전,
   유리광전, 보광전이라고도 합니다.
7. 팔상전 : 석가모니 부처님의 일생을 여덟 가지로 나
   누어 그린 그림인 팔상도를 모셔놓은 곳. 충북 보
   은의 법주사 팔상전이 대표적입니다.
8. 나한전 : 석가모니 부처님의 제자들 중 아라한과를
   성취하여 번뇌를 다 끊은 나한님들을 모신 곳. 진

리를 깨달았다는 뜻에서 응진전이라고도 합니다.

9. 명부전 : 죽은 다음의 세상인 명부세계, 즉 저승에서 지옥중생들을 구하고 계신 지장보살을 모셨을 때는 지장전이라고도 합니다. 저승에서 죄의 가볍고 무거움을 판가름하는 시왕(저승세계를 관장하는 염라대왕을 비롯한 열 명의 왕)들을 모셨을 때는 시왕전이라고 합니다. 우리나라는 지장보살과 시왕을 함께 모시어 명부전이라고 하는 경우가 많습니다.

10. 대장전 : 대장경을 보관하기 위해 만든 건축물. 해인사는 팔만대장경을 보관하는 건축물에 장경각이라는 현판이 달려 있고, 경북 예천의 용문사와 전북 김제의 금산사에는 대장전이라는 현판이 달려 있습니다. 서울의 봉은사는 판전이라고 되어 있습니다.

12. 삼성각 : 주로 법당의 뒤쪽에 있는데, 우리 고유의 토속신인 산신, 독성, 칠성신을 모셔 놓았습니다. 모신 분에 따라 산신각, 독성각, 칠성각이라 하고, 이 세 분을 다 모셨을 때 삼성각이라고 합니다.

13. 범종각 : 범종을 보호하기 위해 만든 전각. 누각의 형태는 범종루라고 합니다. 큰절에는 범종각에 사물(범종, 법고, 운판, 목어)을 함께 놓기도 합니다.

14. 누각 : 주로 법당 정면에 배치되어 있는데 2층의 다락집 형태로 돼 있으며 출입문의 역할도 하고 다양한 용도로 쓰입니다.

15. 조사당 : 그 절을 창건하신 스님이나 빛나는 업적을 남기신 스님들의 모습을 그린 진영이나 위패를 모신 곳. 송광사같이 16국사를 배출한 절에는 조사당 대신 국사전이 있습니다.

16. 심검당, 적묵당, 설선당 : 어리석음을 베어버리는 칼을 찾는다는 의미로 스님들이 참선 수행하는 선원을 주로 심검당이라고 합니다. 서산 개심사의 심검당이 옛절의 정취를 고스란히 간직한 것으로 유명합니다. 고요히 참선한다 하여 적묵당, 강설과 참선을 함께하는 곳은 설선당이라고 합니다.

탑과 부도는 어떻게 다른가요?

탑은 부처님이 반열반(인간의 몸을 벗고 진리세계에 들어감)에 드신 뒤 다비하고 나온 부처님의 사리를 여덟 나라의 국왕이 나누어서 각각 탑을 세워 모신 데서 유래합니다. 중국에서는 벽돌로 만든 전탑, 우리나라는 돌로 만든 석탑, 일본은 나무로 만든 목탑이 발달하였습니다. 처음에는 탑에 부처님의 사리를 모셨으나 나중에는 탑 안에 부처님의 말씀을 기록한 경전 등을 봉안하게 되었습니다.

부도는 고승들의 사리를 모신 묘탑입니다. 탑은 부처님을 모신 법당 앞에 세우는 데 반해 부도는 절 주변에 자리하고 있습니다.

우리나라는 불국사 석가탑, 다보탑, 정림사지 5층석탑, 연곡사 부도 등 빼어나게 아름다운 석탑과 부도가 많이 남아 있어 세계인들에게 석탑의 나라로 불립니다.

사물에는 무엇이 있나요?

사물은 불교의식에 사용하는 네 가지 중요한 법구입니다.

1. 법고 : 부처님의 말씀을 북소리로 전하기 위해 만든 큰 북입니다. 특히 축생(짐승) 세계를 일깨우기 위하여 울립니다.

2. 목어 : 나무를 긴 물고기 모양으로 파낸 목어는 물에 사는 중생을 깨우쳐 주기 위한 것입니다.

3. 범종 : 범종 아래에 보면 바닥이 뻥 뚫려 있습니다.
   지옥의 모든 중생을 위해 범종을 울립니다.
4. 운판 : 청동으로 만든 구름 모양의 납작하고 넓은
   판으로 공중을 날아다니는 중생과 허공을 떠도는
   영혼을 깨우쳐 주기 위하여 울립니다.
불교에서는 사물 외에도 목탁(가장 많이 쓰는 법구,
대중을 모을 때 신호용으로 사용), 염주(기도하거나 절
할 때 수를 세기 위해 사용), 죽비(선원에서 참선하는
수행자를 지도할 때와 참선 시작, 마침, 공양시간 등
신호하는 도구로 쓴다.), 요령(손잡이가 달린 작은 종
모양의 요령은 법요식을 할 때 사용한다), 발우[수행자
들이 공양(식사를 하는 것) 할 때 쓰는 밥그릇] 등 다
양한 법구가 있습니다.

조계종이 가장 중요하게 생각하는 경전은 무엇인가요?

가장 중요하게 생각하고 가르침의 근본으로 삼는 경
전을 소의경전이라고 합니다. 한국불교의 대표종단인
대한불교조계종의 소의경전은 『금강경』입니다.
현재 우리나라에서는 구마라집이 401년에 번역한 『금
강경』을 많이 읽고 있습니다. 『금강경』은 『금강반야바
라밀경』의 줄임말로 부처님이 수보리를 위하여 말씀
하신 내용이 담겨 있습니다. 『금강경』에는 불교의 핵
심 사상인 '공' 사상이 설해져 있는데, 대승불교의 진
수로 평가받고 있습니다.

효도의 중요성을 일깨워주는 부모은중경의 내용은 무엇인가요?

『부모은중경』은 부모님의 은혜에 대한 부처님의 가르
침을 담은 경전입니다.
1. 회탐수호은 : 나를 잉태하시고 지켜 주신 은혜
2. 임산수고은 : 출산의 고통을 감내한 은혜
3. 생자망우은 : 자식을 낳고 근심을 잊는 은혜
4. 연고토감은 : 쓴 것을 삼키고 단 것을 뱉는 은혜
5. 회간취습은 : 진자리 마른자리 가려 누이는 은혜
6. 유포양육은 : 젖 먹여 길러주시는 은혜
7. 세탁부정은 : 손발이 다 닳도록 씻어주시는 은혜
8. 원행억념은 : 먼 길 떠날 때 걱정하시는 은혜
9. 위조악업은 : 자식을 위해 나쁜 일까지 서슴지 않
   는 은혜
10. 구경연민은 : 끝까지 불쌍히 여기고 사랑해 주시
    는 은혜

<u>참고도서</u>

불교성전편찬회, 『불교성전』, 동국대학교 부설 동국역경원, 1987년

성열 스님, 『고따마 붓다 – 역사와 설화』, 문화문고, 2010년

대한불교조계종 교육원 부처님의 생애 편찬위원회, 『부처님의 생애』, 조계종출판사, 2010년

일아 스님 역편, 『한 권으로 읽는 빠알리 경전』, 민족사, 2009년

종사르 잠양 켄쩨 지음, 이기화 옮김, 『무엇이 우리를 불교인이 되지 못하게 하는가』, 예지, 2008년

덕진 스님·동련동화연구회, 『자비롭고 위대한 스승 부처님과 만나요』, 불광출판사, 2009년

박경훈, 『부처님의 생애』, 불광출판사, 2007년

최봉수 옮김, 『팔리경전이 들려주는 고타마 붓다』, 불광출판사, 1994년

신용산, 『나는 세상과 다투지 않는다 – 붓다와 금강경』, 한걸음더, 2008년

디팩 초프라 지음, 진우기 옮김, 『사람의 아들 붓다』, 푸르메, 2007년

세토우치 자쿠초 지음, 이길진 옮김, 『석가모니』, 솔, 2003년

대한불교조계종 포교원 포교연구실, 『불교입문』, 조계종출판사, 2009년

대한불교조계종 포교원, 『우리들의 부처님』, 조계종출판사, 2008년

아이와 어른이 함께 읽는 부처님의 생애

싯다르타의 꿈,
세상을 바꾸다

Copyright Text ⓒ 백승권, 2010
Copyright Illustrations ⓒ 김규현, 2010

2010년 7월 12일 초판 1쇄 발행
2023년 6월 23일 초판 5쇄 발행

지은이 **백승권** · 그림 **김규현**
발행인 **박상근(至弘)** · 편집인 류지호 · 상무이사 **김상기** · 편집이사 양동민
편집 김재호, 양민호, 김소영, 최호승, 하다해 · 디자인 **쿠담디자인**
제작 김명환 · 마케팅 김대현, 이선호 · 관리 윤정안
콘텐츠국 유권준, 정승채
펴낸 곳 불광출판사 (03169) 서울시 종로구 사직로10길 17 인왕빌딩 301호
　　　　대표전화 02) 420-3200 편집부 02) 420-3300 팩시밀리 02) 420-3400
　　　　출판등록 제300-2009-130호(1979. 10. 10.)

ISBN 979-89-7479-465-1 (03810)

값 16,000원

잘못된 책은 구입하신 서점에서 바꾸어 드립니다.
독자의 의견을 기다립니다. www.bulkwang.co.kr
불광출판사는 (주)불광미디어의 단행본 브랜드입니다.